KB114662

마천루

마천루

발행일 2021년 4월 9일

지은이 박민식
펴낸이 손형국
펴낸곳 (주)북랩
편집인 선일영 편집 정두철, 윤성아, 배진용, 김현아
디자인 이현수, 김민하, 한수희, 김윤주, 허지혜 제작 박기성, 황동현, 구성우, 권태련
마케팅 김회란, 박진관
출판등록 2004. 12. 1(제2012-000051호)
주소 서울특별시 금천구 가산디지털 1로 168, 우림라이온스밸리 B동 B113~114호, C동 B101호
홈페이지 www.book.co.kr
전화번호 (02)2026-5777 팩스 (02)2026-5747

ISBN 979-11-6539-709-8 03810 (종이책) 979-11-6539-710-4 05810 (전자책)

마천루

박민식 에세이

북랩 book Lab

차례

마천루

그럴 만한 이유가 없었다. 마땅한 계기도 없었다. 세상과 사회의 시스템을 점점 의식하게 될수록 뜬금없이 도심의 야경 불빛 하나하나가 내 세포 하나하나에 자극적으로 들어섰다. 어둠 속에 묻히지 않으려는 듯 타오르듯이 발광을 하는 한밤의 마천루 정글은 어떠한 감동이 되어 시신경을 옭아매었다. 웅장하고 화려했고 저 눈부신 배경 속에서 또 하나의 광채가 되어야 한다는 사실은 여러 가지 감정들을 고무시키기에 충분했다. 문득 그 찬연하고 위험한 밀림 속에서 자아라는 꽃의 줄기가 꺾이지 않을까 두려웠고 생각이 너무 잡동사니처럼 어질러져 있어서 정리를 하고자 키보드를 두드려 내 몸에 감을 지지대를 만들기로 했다.

이제 막 성인이 될 때쯤, 출처를 알 수 없는 스트레스가 쌓이다 보니 과한 불안정을 느껴 밤에 혼자서 번화가에 간 적이 있었다. 근처 살짝 높은 지대에 있는 벤치에 앉아 몇 개인지 셀 수도 없는, 다양한 색상의 불빛이 박혀 있는 빽빽한 고층건물들을 멍하니 응시했다. 그리고 눈물이 맺혔다. 그건 분명히 어느 그림보다 찬란했고 어느 영화보다 감각적이었다. 그 광경은 내 각막에 단단히 박혔고 야경에 대한 아가페는 드문드문 일상 속에서 발현되었다. 어떤 매체를 보다가, 또는 그냥 걷다가 어둠 속에서 타오르는 이미지가 시선에 스치면 잠깐 멈춰서 보고 있는 모든 풍경을 기억 속에 담는 행위를 반복했다.

그리고 저기에서, 저 안에서 일어나는 작금의 역사 속에서 자의식의 훼손을 조금이라도 줄이기 위해 지금의 내 생각들을 문신처럼 글로 새기기로 했다. 지금 내가 타이핑을 하고 있는 가장 큰 동기이자 명목이다. 모든 건 나의 개인적인 생각이고 대가 또한 나의 몫이다.

19살의 내가 야경을 보며 눈물을 글썽인 이유는 아마 무서워서 그랬을 거라는 생각을 했었다. 저기에서 좋은 어른이 될 수 있을지 의심이 들어서, 때가 탔지만 더럽지 않은 어른이 될 수 있을까 혼란스러워서, 끝까지 버텨낼 수 있을까 자꾸 의혹이 생겨서,

그리고 나도 모르게 내가 되고 싶지 않은 부류의 어른이 되어버릴까봐.

단지 생각이 다른 것은 마찰이 되고 분란이 되어
재앙이 돼버리기도 한다. 단지 생각이 달라서 말싸움을 하고
서로를 미워하고 분노를 촉발하고 다툼을 하고
피를 흘리고 살상을 하고 전쟁을 한다.
단지 생각이 다르면 서로는 서로의 개새끼이고
호전적인 나치가 되고 칠죄종을 한껏 품은 마귀가 된다.
단지 생각이 다를 뿐이다.
우리는 서로 생각이 다른 것을 용납하지 않는다.
이제 어른인데 말이다.

범신론

신은 없다. 신을 본 적 없기 때문이다. 그래서 신이 있다고 믿지 않는다. 믿지 않으니 교회도 몇 개 없애고 그 자리에 차라리 청년 맞춤형 오피스텔을 짓는 것에 대한 효용성도 자주 따져본다. 벤자민 프랭클린도 기독교인이지만 교회보다 학교나 등대를 짓는 게 낫다고 하지 않았나. 초등학교 하교시간에 맞춰 미성숙하고 현실적이지 못하고 저항심과 거부감을 적극적으로 드러내는 것에 약하고 검증 절차에 대해 엉성한 의식을 가진 초등생들을 대상으로 무차별적인 공포 마케팅을 펼쳤던 동네 교회의 선교 행위에 휩쓸려 지옥이라는 소재지에 대해 두려움에 떨었던 그 시간들을 생각하니 그것들은 선교사가 아니라 경이로울 정도로 이기적인 장사꾼이자, 형이상학적인 망상가이자, 교조적이기 짝이 없는 도그마를 머금어 제 목소리를 내지 못하는 벙어리이자 몸종들이다.

닭이 먼저인가, 계란이 먼저인가. 신이 인간을 만들었나, 인간이 신을 만들었나. 인간은 그저 콘텐츠와 유흥을 위해 별자리와 혈액형에 따른 성격, 샤머니즘, 전생과 환생, 접신, 사후세계, 솔로몬의 72악마, 세피로트의 나무처럼 동화와 오락을 창작하듯 미신과 비과학적 이론을 만들었고 신과 종교를 만든 목적 또한 마찬가지다. 이런 의도로 만든 신에게 거꾸로 지배당하는 꼴들을 보자니 역사적으로 인류가 행할 수 있는 가장 멍청한 객반위주다. 이제 AI가 인간을 지배할 거라는 우려 또한 현실이 될 것이다. 인간은 지배당하는 것을 좋아한다. 자유에는 책임과 대가가 있어서 지배를 당해야 안정적이니 인간은 기어코 종교에게 스스로 지배당하는 상황을 만들어냈다.

에릭 사티가 말했던 것처럼 신은 무능하고 어리석은 노인과 다를 바 없다. 고작 그런 노인에게 불안감이 아닌 양심과 영혼을 갖다 바치는 자들이 있다. 그런 자들을 보면 힘들 때 잠깐 기대라고 만든 기둥에 그대로 흡수되어 영화 「캐리비안의 해적」 시리즈에 나오는 기둥과 한 몸이 된 '플라잉 더치맨'의 선원들을 연상케 한다.

종교의 원초적 창립 목적은 오로지 인간의 위안을 위함일 뿐이다. 신은 인생을 책임져 주지 않고 기도만 해대는 패배자를 구원하지 않으며 십자가 목걸이를 한 죄인에게 면죄부를 주지 않는다. 자식에게도 신앙심을 강요하지 않아야 한다. 모태신앙은 할례와 전족, 가정폭력과 같다. 죄를 지은 자와, 죄를 지어도 기도만 하면 천국에 갈 수 있다는 파렴치한이 있다면 그의 역린은 어느 쪽을 향하겠는가. 이렇게 성서를 읽기 위해 촛불을 훔치는 자들을 보자면 역시 마르크스가 말했던 것처럼 종교는 인민의 아편이다. 용서는 신이 아닌 피해자에게 구하는 것이다.

신을 본 적 없어서 신을 믿지 않는다 했다. 어쩌면 한낱 인간 따위는 신의 존재를 인지하지 못하는 것일 수도 있다(불가지론). 그러나 외계인과 초음파, 박테리아, 뼈와 적혈구, 원소, 방사선의 파장이 육안으로 보이지 않아서 그것들을 믿지 않는 것이 아니듯 단순히 의미의 유무 차이다. 먼 옛날, 데모크리토스조차 벌써 알고 있었다. 세상에 조물주의 손길이 닿은 것은 아무것도 없다는 것을, 그래서 신이고 나발이고 과학 앞에서 종교는 낡았다는 것을.

예수는 용서하는 자다. 그렇다면 그를 믿지 않는 것마저 용서할 것이다. 그래서 굳이 신의 대리인을 자처하여 믿지 않는 자에게 신성모독이라며 책동하는 꼴이 우습다. 특히 팬데믹이 창궐할 때에도 대규모 예배를 고집하는 당신들 말이다.

나는 당신 앞에 마주하여 해체주의자로서, 유물론자로서, 적그리스도로서, 무신론자로서, 롱기누스의 창을 겨누며, 암브로시아를 게걸스럽게 입에 묻혀가면서, 타르티니의 〈악마의 트릴〉을 흥얼거리며, 미친 듯이 떨며 죽어가는 당신을 마주하고는 언젠가 "창끝을 겨눈 대가를 처절하게 치러낼 것이다."[1)]

나는 신을 본 적 없다. 그래서 신이 있다고 믿지 않는다. 그러나 정말 신이 존재한다면 차라리 인간이 신이어야 한다. 고작 돌멩이가, 잔디가, 개미가, 내가 신이어야 한다.

1) 블랙나인, 이그니토 〈Keep it hardcore〉 가사 인용

동성애

스타킹 또는 유니폼, 긴 머리, 곰 같은 덩치와 남자다운 수염, 청순가련한 얼굴을 하고서도 두드러진 골반의 선, 쌍꺼풀 없는 눈매, 팔뚝의 선명한 핏줄, 나와 같은 남자 또는 나와 같은 여자.

동성을 좋아하는 것은 패륜이 아닌 개인적인 성적 지향에 나열되어 동일 선상에 놓여 그 외의 것과 같은 취급을 받아야 한다. 적어도 '독특한 취향'에서 언파되었어야 할 이 문제가 매스컴에서 다뤄지고 있는 분량은 쓸데없이 과하다. 특정 종교의 일부는 이 취향을 악마와 동일시하고 경멸하기에 이른다.

"뭐? 호피무늬 속옷이 좋다고? 이 지옥에서 썩어야 할 사탄 같은 자식."

이렇게 말하는 것과 다른 건 무엇인가. 이반의 취향으로 인해 일반은 어떤 피해를 입었나. 아니 대체 무슨 심술인가.

더 이상 성적 지향 하나 가지고 쓸데없이 방해하고 대치하여 시간이든 감정이든 낭비하지 않아야 한다. 그래야 그들도 퀴어

퍼레이드를 불쾌한 수준으로 진행하지 않을 거고 동성애를 자신의 주요 정체성으로 삼는 세대도 나오지 않는다.

큰 엉덩이를 좋아하는 것도, 동성을 좋아하는 것도 처음부터 어긋난 적 없다.

세대차이

기성세대와 신세대는 다른 환경을 겪는다. 다른 세상을 살아왔다는 말일 수도 있다. 그러면 정신은 구조적으로 달라진다. 그렇게 자연스럽게 마찰이 일어나 세대차이가 파생된다. 전쟁 이후 급속도로 복구와 진전을 이뤄 60년도 안 되어 전흔을 지워낸 이 나라는 특히 그렇다.

신세대는 구세대의 설교를 수긍하지 못하고 구세대 역시 신세대의 행각을 해석하지 못한다. 어른들은 청소년을, 부모님은 자식들을, 나이 많은 임원과 고위직은 20대 취업준비생을 이해하지 못한다. 윗세대들이 살아가며 깨달은 교훈을 배려의 마음가짐으로 다음 세대에 전파하는 것이 순리다. 그러나 배려가 아닌 세대의 패권을 잡아 지배하려는 야욕이 우선인 어른들이 있다. 이들 때문에 오버하우젠 선언 같은 정신이 매 시대마다 필요한 것이다. 이런 꼰대들을 구별해낼 수 있기 전까지는 번데기 껍질을 깨면 안 된다.

#세대론

지금 세대 간 청팀 백팀을 나눠 줄다리기를 할 때가 아니다. 자물쇠를 앞에 두고 끙끙대는 애들에게 다 녹슬어버린 열쇠를 던져주며 혀를 찰 것도 아니다. 전통이란 건 선조의 지혜인지, 구세대의 발악인지를 주제로 논쟁할 때도 아니다. 석양을 등진 사내의 그림자를 보고 「석양의 무법자」의 클린트 이스트우드를 떠올리는 게 옳은 건지, 「오버워치」의 맥크리를 떠올리는 게 옳은 건지를 두고 싸울 때도 아니다. 지금 역사를 잊은 민족이 되려는 거냐며 윈스턴 처칠의 진의를 왜곡하는 오만과 억지를 부릴 때도 아니다. 세대 간 합의와 시대적 보정을 통해 줄다리기를 하던 줄로 박힌 바위를 묶어 같은 방향으로 당겨야 한다. 그 밑에 유산이 있다. 그러나 이것마저 불가능하다면 차라리 방관이 최선이다.

미디어 좀비

분노 바이러스에 감염되어 쓸데없고 가치 없는, 본능에 충실한 분노를 분출한다. 영화에서만 볼 수 있던 좀비들은 웹사이트에 실존하여 분포되어 있다. 자신에게 전혀 영향을 주지 않는 논제에 격분하며 울분을 공회전시키는 좀비는 사실 우리 옆에 있는 그와 그녀다. 소름이 돋는다.

미디어 좀비들은 어떤 연예인이 다이어트에 성공했다거나, 많은 돈을 벌어 람보르기니와 빌딩을 샀다거나, 능력 있거나 나이 차이가 많은 이성과 연애나 결혼을 한다거나, 팬을 기만한 사생활, 소신발언, 아이돌의 배우 전향, 맘에 들지 않는 원 소스 멀티 유즈, 일반인의 지속적 방송 활동, 방송에서 부적절한 언행과 태도, 자본주의적 욕심이 드러난 행보, 성공적인 성형, 직계가족의 과거 악행, 학창시절 미니홈피에 올렸던 글, 인스타그램의 행복해 보이는 일상, 갑작스레 대작 영화에 나타난 예쁘고 어린 여배우, 사회복무요원으로 대체 복무, 출신 대학이나 직장 등의 특이 이력, 너무 빠른 빚 청산, 안무와 가사 실수, 탄로난

마 천 루

무식함, 복잡한 과거사 등등 불특정 다수의 심기를 건드리게 되면 의도, 사정, 배경을 입맛대로 추측하고 판단하여 증명되지 않은 가설을 진리로 만들어 중세 후기 무작위로 마녀를 지정해 불에 태우던 미개한 역사를 반복한다. 현재를 분석해 미래를 예측하여 문화적으로 해가 되는 자들을 선별해낼 줄 안다고 근거 없이 자부하는 점쟁이들이 판을 치고 있는 댓글 창은 징그러워 구역질이 난다. 이들은 자신에게 직접적인 피해가 있든 말든 질투를 먹으며 꿈틀대는 정의의 구더기들이다. 이제 몇 명이 더 죽어야 계몽할 수 있나. 몇 명이 더 죽어야 대중의 문화 독재가 끝나는가. 왜 남 잘 되는 꼴을 못 보는가. 마이클 잭슨은 좀비에게 물렸던 상처들이 아물지 않아 감염되어 죽은 것이다.

#태도

연예인과 예술가는 공공의 이익이 아닌 사익을 추구하며, 국민이 아니라 대중을 상대하기에 공인이 아니다. 영향력이 무차별적이며 강하더라도 영향을 받을지 말지는 오로지 대중의 선택과 책임이다. 도의적, 법적으로 타인에게 피해를 주는 행위는 당연히 제외하고 개인성과 예술성이 짙은 다양하고 독보적인 걸음만을 보여준다면 뚜렷한 정신을 가진 추종자들은 건강한 비판과 무구한 성원을 보낼 것이다. 그리고 다시는 방구석에서 지혜로운 예언가인 척, 깨어 있는 시민인 척하는 온라인의 찌꺼기들에게 고개를 숙이지 않아야 한다. 대중과 언론은 사죄와 진실이 아닌 논란과 포르노가 필요하다. 결속적이다. 그러니까 이제 아티스트가 자유로운 창작물을 저술하려면 댓글 창을 지금 어떤 생각을 가진 인간들이 점령하고 있는지 파악하는 태도가 필요하다. 불편한 자들이 많으면 예술은 퇴보한다. 쉽게 말해 유명인이라고, 연예인이라고 맨날 처맞고만 있으면 안 된다는 거다. 이제 그만 죽어야 한다. 산탄총을 들고 싸워야 한다. 그들은 명복을 비는 척하며 또 다른 새하얗고 나약한 목덜미를 뜯으러 갈 것이다.

#열등감을 감추기 위한 정의

의견을 제시하고 찬반이 발생해야 할 커뮤니티에서 인신공격과 가정교육 논란이 일어난다. 익명성과 과몰입은 이런 모욕적이고 파괴적인 비난이 난무하는 것을 동결시킨다. 기괴한 일이다. 미디어 좀비는 동족 또한 물어뜯는다. 그건 좀비들도 하지 않는 짓이다.

예쁘고 어린 여자를 봤을 때 같은 여자로서 느끼는 감정과 그 예쁘고 어린 여자가 나보다 우월한 남자만 찾아다니는 걸 지켜보는 남자가 느끼는 감정들은 모두 열등감이다. 사람들은 열등감을 드러내기 꺼려해서 감추려 한다. 가장 쉽고 당당하게 감추는 방법은 정의를 만드는 것이다. 열등감을 평등을 위한 신념으로 포장하고 세계평화를 위해 움직이고 있다고 자위하기에는 페미니스트라는 이름을 빌려 쓰기가 가장 적당하다. 이들은 스스로가 진멸권귀하려는 혁명가라도 된 것마냥, 전쟁 용사라도 된 것마냥 환각에 빠져 있지만 사실 네가 먼저 나를 싫어하게 될까봐 내가 먼저 너를 싫어해버릴 거라며 놀이터에서 서로 모래를 던져대는 유치하고 미숙한 미취학 아동들의 심리와 하나도 다를 것이 없다.

여성의 인권 또한 동등하게 보장받아야 한다는 고결하고 성스러운 주제는 가짜 평등주의자들에 의해 이용당하고 있다. 그 가짜들을 상대해주는 자들도 열등감의 잔여물이다. 이들은 소속한 곳이 없어서 소속할 곳을 찾는 게 아니라 소속감을 먼저 찾으려다 보니 이런 억지를 부린다. 이들은 어떤 여자 연예인이 읽었던 책 한 권을 빌미로 성급하게 사상을 고정시키고는 매장을 하려 시멘트를 갤 삽을 주고받는다. 죽이 척척 맞는다. 이 가짜들의 더러운 열등감 때문에 진짜 보호받아야 할 여성들은 뒷전이다. 그렇게 "가짜가 진짜를 구축한다."[1] 가짜들은 예쁘고 어린 여성들이 능력마저 좋다면 기를 쓰고 딴죽을 걸어 끌어내리려 한다. 뻔히 보이는 샤덴프로이데다. 그리고는 다수의 여성들을 위한 세상을 바꾸는 데 기여를 하고 사회 정의에 이바지했다며 모여 자축한다. 그 옆을 지나가면 사람의 언어가 아닌 좀비의 울음소리가 들린다.

"히포크라테스는 생리혈을 질병으로 여겼고, 솔론은 거리를 돌아다니는 여자를 매춘부로 간주하고 순결을 잃은 딸을 노예나 창녀로 팔 수 있게 허용하는 법률을 만들었다."[2] 영화감독 알리스 기-블라쉐는 여성이라는 이유로 그 이름이 영화의 역사에서 누락당하던 때가 있었다. 운전대를 잡은 여성에게 큰소리를 내는 선택적 분노조절장애인들이 아직도 도로에 남아 있는지 모른다. 남아선호사상이나 남존여비라는 전근대적인 추태도 아직 늙은이들에 의해 남아 있다. 우리는 오직 그 바닥까지 떨어진 미개함을 다시는 반복하지 않기 위해서 무장해야 한다. 한 쪽이라도 평등이 아니라 우대를 원하면 공적으로 관철하려는 주장은 변질된다. 불평등의 원인이 남성의 포르노 소비에 있다는 괴언을 반복하는 자들을 상대해주지 않으며, 온갖 문제를 제치고 성평등부터 해결하는 게 제일 중요하다는 사회악을 걸러내며, 모자와 선글라스, 마스크로 얼굴을 가리고 프로파간다하는 자들이 아닌, 열등감을 철학에 숨기지 않고 목소리를 군중에 숨기지 않는 당당한 평등주의자를 응원하고 잇따르며, 모두가 성을 구별하지 않고 인류의 평등에 방향을 두며, 아니 그 전에, 후손에게 구전될 역사 중에 조상들은 성을 가르고 싸운 적 있었다고 쓰일 것이 얼마나 부끄럽고 한심할지 미리 알고만 있다면, 그 정신은 곧 이 디스토피아에서 인류를 구원할 백신이다.

1) 그레샴의 법칙 '악화가 양화를 구축한다' 인용

2) 유시민 저, 『유럽 도시 기행 1』 참조

감정

사람은 사람다워야 사람이라는 걸 오랫동안 수많은 타인의 주입으로 인해 학습해왔고 기쁨, 슬픔, 분노, 애정 등등의 본능적인 감정들은 사람 사이의 네트워크를 끈끈하게 만들어준다고 인지하고 있었는데 감정의 장점이 그것뿐이라면 감정은 딱히 사람에게 필요가 없다.

언행에 감정이 섞이면 원하는 목적으로부터 멀어지고 실패에 가까워진다. 이성은 관찰력을 높여주고 감정은 시야를 흐리게 만든다. 감정은 희망을 만들고 그렇게 만들어진 희망은 대체로 절망으로 변환된다. 감정을 버리면 오히려 타인에 대한 이해도 좀 더 수월해진다. 사실, 감정을 배제한 이해는 이해라기보다는 '그러려니'에 더 가깝다. 감정은 동물의 것이나 이성은 사람의 것이니 물지 않을 수 있고 물어뜯기지 않을 수 있다. 감정을 버리면 감정을 애써 숨기거나 통제하는 데 애쓸 필요가 없다. 감정을 버리면 경쟁자를 무시하고 나의 본질과 가치를 알리는 데만 주안점을 둘 수 있다. 감정을 버리면 복수하지 않아도 되고 당신이 나를 미워해도 괜찮다는 여유마저 생긴다. 감정에 휩쓸린 다짐은 위험하다. 감정에 휩쓸려 홧김에 던지는 말은 사람이 아닌 짐승의 울음이다. 감정은 반추하는 것에 시간을 낭비하게 한다, 짐승이 아닌 인간이라면 삼킨 음식을 다시 게워내어 씹을 필요 없지 않나. 조명이 흐려지면 인간의 눈이 인식할 수 있는 색이 붉은색에서 푸른색으로 옮겨진다고 한다(푸르킨예 현상). 빛이 희미해져 어두워질수록 감정을 버리고 냉정해져야 한다. 감정을 버리면 감정은 그저 도구가 되어 분노는 원동력이, 미소는 기술이 된다. 감정을 버리면 분리불안이나 애정결핍 같은 나약해 빠진 증상들의 원인이 애초에 사라진다. 감정을 버리면 한낱 감정 따위가 성격과 인성이 되는 일은 없다. 감정을 버리면 위화감을 조성하되 오히려 어느 데나 조화롭다. 감정은 필요 없다.

감정과 도덕의 질서와 체계에 갇히지 말아야 한다. 공감능력이 인간성을 측정한다면 반사회적 인격장애자가 되려는 것은 쓸데없이 감정적인 자들을 상대하는 마키아벨리즘이다. 상처받지 않으려면 감정을 파괴해야 한다. 어차피 창조를 위해선 파괴가 먼저이며 이것은 진정한 무(無)의 가치다. 감정을 숨기는 가장 빈틈없는 방법은 감정을 소멸시키는 것이다. 사람은 감정이 없을 때 사람답다.

#울면 안 돼

얼굴을 찌푸리면 모두가 힘들고 울면 산타할아버지가 선물을 주지 않으신다. 주위를 위해 개인적이고 부정적인 감정을 억제하라는 파시즘이 동요에 담겨 있다. 분노하지 않아야 하고 우울해하지 않아야 한다고 가르쳤으니 이제 와서 인간성 타령을 하지 말라.

#감정의 쾌감

웃는 것엔 쾌감이 있고, 우는 것도, 화를 내는 것에도 쾌감이 있다. 그래서 어떤 감정을 표출할 수 있는 적절한 상황이 생겨버리면, 어떤 감정에 빠질 수 있는 알맞은 여지만 만들어지면 인간은 앞뒤를 딱히 재지 않고 그 감정에 사정없이 빠져든다. 표출하려는 모든 감정의 끝에는 쾌감이 있기 때문이다.

게임

#E-sports

손가락만 움직이는 게임이 무슨 스포츠냐며 비아냥대는 문화적 차별관이 있다. 게임을 마약과 비교하는 정부의 보도에 동조하는 자들도 있다. 그때 전 세계에 팬을 둔 다섯 명의 남자가 그래서 어쩔 거냐는 듯 열렬한 함성을 받으며 우승컵을 들어올린다. 게임은 그 순간 오락거리가 아닌 시대적이고 거대한 문화이자 스포츠가 된다. 어떤 프로게이머는 어느 소년에겐 메시이자 조던이다. 게임은 스포츠다.

#Team game

최근 10년간 인기 게임 순위에서 최상위권을 점령하고 있는 게임의 공통적인 요소는 타인과 팀을 이뤄 승리라는 하나의 목표를 향해 협업하는 '팀 게임'이다. 유저를 오래 잡아둘 수 있는 이 '팀 게임'이라는 것의 매력은 책임과 잘잘못이 분산된다는 것이다. 상대방과 일대일로 승부를 가려 패배하는 경우 그 이유는 오로지 나만의 것이라 패배감의 쓴맛은 뜨겁고 독하다. 만약 복기를 하여 전략을 다시 짜고 실력을 늘려도 계속 상대방과 차이가 느껴진다면 흥미를 잃는 건 당연하다. 그러나 팀을 이룬다면 홀로 온몸으로 받던 패배감이나 자괴감은 분할된다. 그러니까 패배의 요인이 '나의 잘못이 아닐 수도 있다는 점'이 게이머를 팀 게임에 오래토록 머무를 수 있게 하는 마케팅인 것이다. 집단의 기세와 추세가 하향 곡선을 그릴 때 소속원들이 책임을 조금이라도 회피하기 위해 다른 팀원과 동료에게서 구태여 결점을 끄집어내 가책의 무게감을 조금이라도 덜어내는 심리를 적절히 이용했다고 볼 수 있다. 팀의 패배가 확실해지더라도 팀원을 추궁함으로써 나의 실수는 안개 속으로 가려져 특별한 절망감 없이 다음 기회에는 조금 더 나와 잘 맞는 팀원들을 만나기를 바라며 다시 한 번 플레이 버튼을 누른다. 나의 실력은 더 이상 아무런 상관이 없다. 어차피 팀이 진다는 것은 나

때문에 지는 것이 아니기 때문이다.

#Balance patch

온라인에선 나를 대신해줄 아바타를 고른다. 챔피언이나 캐릭터라고 불리기도 한다. 선택한 아바타는 가상세계에서 나의 직업으로 취급된다. 전사나 탱커는 최전선에서 검을 휘두르며, 원거리 딜러는 적의 무기가 닿지 않는 미드필드에서 총알이나 화살로 지원한다. 힐러는 후방에서 공격수들의 체력을 회복시키거나 능력을 향상시킨다. 역할의 단결은 팀이 되고 사회가 된다. 간혹 특정 아이템이나 역할군의 능력치가 다른 무기, 직업보다 높다고 분석되어 특정 군집에 유저가 몰리면 균형이 무너지고 불만을 갖는 유저가 속출되기도 한다. 서비스 종료라는 최악의 상황을 막기 위해 게임사와 운영진은 주기마다 패치를 한다. 그때마다 능력치가 높아 인기가 많던 직업과 아이템은 아무도 거들떠보지 않게 되거나, 위력이 보잘것없어서 아무도 사용하지 않던 기술이나 장비의 가치는 재평가되어 고가에 거래되기도 한다. 패치노트를 분석하며 추후 활동을 계산하는 것 또한 게이머의 재미다. 물론 이 과정에서 모두를 만족시키는 패치는 없다. 소수는 불만을 가진다. 그러나 패치하지 않고 방치하는 것은 기존의 불평불만을 무시하는 것이다. 다시 말해 사태를 방치하면 밸런스가 무너지고 서비스가 종료되어 게임은 사라진다. 패치는 균형을 지키려는 몸부림이다.

진보는 때로 위험하다. 그러나 진보하지 않으면 균형은 무너진다. "테제는 변증법의 첫 번째 단계다. 즉, 정반합의 정이다. 그에 반하는 안티테제는 변증법의 두 번째 단계, 테제를 부정하는 단계이자 정반합의 반이다. 충돌 그리고 타협과 종합, 정반합의 합은 개선과 진보의 결정이다."[1] 보수적이자 쇄국적인 것은 테제, 정, 문제점이 가득한 첫 단계, 베타 버전에서 멎는다. 그래서 게임은 업데이트를 한다. 진보하지 않겠다는 것은 과거에 시들겠단 것이다. 보수를 고집하는 박힌 돌은 사양길이 두려워 이기적인 억지를 부린다. 아페이론을 거스른다면 결국 오염이다.

생면한 타인의 이익을 위해 무작정 나의 손해를 감수하는 바보는 없다. 각자는 나의 영리를 위하니 이해관계로 얽혀 있다. 이것은 인륜이다. 자애주의는 곧 제로섬을 방비하는 박애주의다. 너의 이익 다음은 나의 이익이고 나의 손해 다음은 너의 손해여야 한다는 '보이지 않는 손'이기도 하다. 예를 들어 공권력이 과해지면 과잉진압이라며 견제하게 하는 것처럼, 이기주의자들이 많아지면 이타주의를 강조하는 교육이 팽배하다가 타인에게 상처받는 사람들이 많아져 다시 이기주의의 활용을 강조하는 에세이가 서점의 잘 보이는 매대에 오르는 것처럼, 수혜자가 있으면 소외자도 있는 것처럼 말이다. 전체적으로 선이 구부러진 조형물은 철저한 무게중심으로 균형을 표한다. 마치 콘트라포스토다. 이 균형의 과정은 전혀 계획적이지 않다. 영화 「기생충」의 주인공 기택이 했던 대사다. "절대 실패하지 않는 계획은 무계획이다." 예상치 못한 균형은 계획하지 않는 브리콜라주로부터 나온다.

철저히 나의 이익만 생각하자. 몬스터 리젠이 자주 되는 맵을 선점하기 위해, 지금 제일 효율이 좋다는 캐릭터와 아이템으로 전장을 휘젓기 위해, 기회의 땅에, 카트리나가 덮치기 전에 혼자 공공주택을 벗어나기 위해, 나의 업이 천대받지 않는 곳에 가기 위해, 나의 승리가 곧 너의 패배더라도 온전히 함박웃음을 지어야 한다. 양면은 반드시 존재한다. 원칙주의자가 있으면 융통성이 있는 사람도 있어야 한다. 그래야 판이 만들어진다. 각자를 위할수록 아포칼립스는 오히려 기우가 된다. 어차피 운영진은 다음 패배자를 당신으로 지목했다. 어차피 뭘 하든 균형은 이뤄진다.

1) 헤겔의 '변증법' 인용

타투

손등 위에 장미, 발목에 새겨진 라틴어, 장딴지에 그려진 악마의 얼굴, 반팔을 입었을 때 팔꿈치 그 언저리에 살짝 보이는 데이비드 보위의 초상, 그것을 몸에 그려야만했던 이유와 의도와 계기는 무엇인가. 타투는 이 사람의 평소 생각을 언뜻 엿볼 수 있다는 관음적이고 고혹적인 유일한 매력을 가졌다.

타투는 정당한 예술과 문화다. 살갗을 찢고 피가 흐른 자리에 잉크를 채워 넣는다. 한 시간 정도 누워 그 고통을 있는 그대로 만끽한다. 고통이 수반되는 미술이 예술이 아닐 리가 없다. 또한 이 떳떳할 수 없는 문화 앞에서 떳떳하겠다는 배수의 진, 그것의 심벌마크다. 그리고 이 마크는 곧 "고통을 견뎌낸 뜨쟁이들의 영광과 같다."1)

1) 제이통 〈문신〉 가사 인용

#의미

타투는 자유성이 강한 문화다. 그래서 사랑하는 이의 이름 또는 얼굴, 나와 누군가의 철학이 깃든 레터링마저 새겨버린다. 그러나 인연은 무한하지 않다. 지금의 철학, 머리에 피도 안 마른 철학은 변한다. 건강하고 자연스럽게 변할 인생관을 미리 박아버린 철학의 틀 안에 가두는 것만큼 어리석은 행위는 없다. 세상에 영원한 인연과 철학은 없기에 후회의 강도는 배가된다. 의미가 첨부된 타투에 후회가 깃드는 순간 살갗을 찢었던 고통은 심장을 찢는 고통이 되고, 성흔과 훈장이 아닌 흉하고 영구적인 피하출혈이 되어 그 고통의 대가는 의미의 강도에 비례하게 된다.

타투는 극단적이기에 가장 아름다운 예술이다. 그렇기에 위험하다. 그 극점의 고매함을 받들려면 그것을 감당하겠다는 배포가 필요하다. 타투에 깃든 의미엔 반드시 대가가 따른다.

비사회적이고 폐쇄적이고 은둔적이고 냄새가 나고 못생기고
능력이 없어서 가치가 없는 인간을 걱정하는 척, 멸시하는 척 하지마라.
그 심리의 실체는 자신보다 못난 인간을 만나서 신이 난 것이다.
그리고 이 추잡하고 근본 없는 우월감은 가장 열등하다.

마 천 루

착하고 외향적인

#착하다

우리는 착하다는 평가를 듣기 위해 왜 그렇게 부단히 노력해 왔나. 착한 사람이라고 불리는 것은 칭찬이라는 주입식 학습의 영향 때문이다. '착하다'는 욕이다.

한 사람에게 착하다는 성격을 씌워버리면 그 사람의 본성에는 제약이 걸린다. 그리고 여러 방식의 칭찬이라는 망치로 성격 성립에 못을 박아버린다. 이제 그 사람은 착한 것을 넘어 구성원을 위한 희생정신이 누구보다 강한 사람이라는 캐릭터로 만들어지고 어떤 유형의 손해를 깨닫고 프레임을 깨야겠다고 마음먹었을 때 이미 타이밍은 지나갔다는 것을 인지하게 된다. 그리고 이 현상을 깨는 데 성공하더라도 이 사람은 자신에게 착한 사람이라는 표식을 씌웠던 사람들에게 과하고 불필요한 실망감과 지나치고 싸늘한 눈초리를 몸소 떠받들게 된다. 그리고 그들은 내 무리한 부탁도 웃으면서 무난하게 수용할 사람이 없어진 것에 대한 비열한 허망함으로 똘똘 뭉친 속마음은 끝까지 숨겨둔다. 그 속내를 들키면 피해를 받은 사람은 내가 아닌 그 '착한 사람'이 되기 때문이다.

착할 필요 없다. 집단의 잘못은 제일 착한 사람에게 전가된다.

스트레스를 담을 그릇이 크지 않다면 평화주의를 억지로 추구할 필요 없다.

사과할 필요 없는 일에도 사과를 하고 다니면 호구다.

착한 사람이든 못된 사람이든 돈은 똑같이 가져간다. 아니, 어쩌면 나쁜 사람이 더.

영화 「부당거래」의 '호의가 계속되면 그게 권리인 줄 안다'는 명대사는 영화가 아닌 현실의 조직을 신랄하게 관통한다. 때로는 위악을 일삼아야 한다. 나의 이름 앞에 착하다는 형용사가 붙는 걸 곧이곧대로 받아들이면 불이익에 있어 반발할 수 있는 자격도 사라진다.

마냥 착한 건 문제이고, 매사에 착한 건 병폐이며, 착하려고 노력하는 건 멍청하다. 착한 것과 나쁜 것은 서로의 부수다. 착하다는 말을 들으면 칭찬을 받은 듯 반응하되 욕을 먹은 듯 대비해야 한다. 착한 것은 단지 기교로 두어야 한다.

#내향적 인간

우리는 주입된 학습으로 착한 것과 외향적인 건 우성이고 나쁜 것과 내향적인 것은 열성인 줄 알고 있다. 그래서 부단히 사교적이고 적극적으로 인간관계의 숲에 곧잘 침투되어 있길 노력하고 염원한다. 이 사람에게 잘 보이기 위해, 저 사람의 기분을 맞춰주기 위해 기력과 에너지를 쏟고 매진해야 수월한 인간관계를 맺기에, 몰려다니며 서로가 서로의 꼭두각시가 되는 것도 마다하지 않는다. 이쯤이면 내 인생은 뒷전이니 차라리 시체가 낫지 않나.

내향적 인간이 되는 것은 열등해지고 도태되는 것이 아니라 초월하는 것이다. "매슬로는 고독을 즐기는 것이 자아실현을 이룬 자들의 특징이라고 했다."[1] 내향적 인간이 되면 타인을 신경쓰지 않아도 되고 혼자 만든 모래성에 누군가 손을 대 무너뜨릴까봐 걱정하지 않아도 되며 관계의 적당한 불편함을 이용해 주관을 편하게 만든다.

주위에 내향적인 것을 얕잡아 보는 자들이 많다면 그런 인맥은 그대로 거품이다. 새로운 친구를 찾아다니는 데 간절해지면 나만의 공간에서도 내 자리가 사라진다. 선이 아닌 점으로 된 관계로 인한 아노미는 아직 시기상조다. 내향적인 것은 수단이다.

1) 야마구치 슈 저, 김윤경 옮김, 『철학은 어떻게 삶의 무기가 되는가』 참조

자유의 대가

카르페디엠, 욜로, 인생은 한번뿐이니 지금 이 순간을 즐기자는 외래어와 신조어가 하늘에서 화살비가 되어 쏟아졌고 지칠 대로 지쳐 있는 청년들을 향해 부드럽고 수월하게 가슴팍에 꽂히기 시작했다. 두근거리고 매혹적이다. 앞두고 있는 시험이나 면접, 공부는 다 잊어버리라고, 그렇게 살다가 죽을 거냐면서 당장 놀아도 별 탈이 없을 거라고 속삭이는 것만 같다. 반가운 현상이다. 결국 자신도 모르게 톱니바퀴가 되고 숨 쉬는 기계가 되는 구조와 체계에서 한 번뿐인 인생이란 말은 생명의 숨결을 불어넣는다. 잠깐 쉰다고 큰일이 나지 않는다. 치열하지 않다고 해서 도태되지 않는다. 경쟁하지 않는다고 부패하지 않는다. 청년들이 일하지 않을까 봐 기성세대가 꼭꼭 숨겨왔던 비밀을 우리가 들춰버렸고 이제 눈치 보지 않고 향락할 수 있다. 이제 계획 없이 대학교 자퇴를 할 수 있고, 재산을 전혀 고려하지 않고 고급 외제차를 구입할 수 있고, 부모님께 한번뿐인 인생 즐기며 살겠다며 열변을 토해내고 끝끝내 용돈을 받아내 해외

여행을 갈 수 있다.

잠깐 쉰다고 큰일이 나지 않는다. 치열하지 않다고 해서 도태되지 않는다. 경쟁하지 않는다고 해서 부패하지 않는다. 낭비를 하는 순간 사람은 썩기 시작한다.

노력과 재능

노력과 재능의 상관관계에 대한 화두를 던지면 언제든 어디서든 항상 뜨거운 언쟁으로 번졌다. 아무리 노력해도 재능을 따라잡을 수는 없다. 아니, 천재는 노력하는 자를 이기지 못한다. 시점과 경험에서 뿜어져 나오는 사견들은 꾸준히 부딪힌다.

여기서 재능이 노력을 압도한다는 진영의 논리에는 노력하기 싫다는 핑계가 함축되어 있다. 노력이 귀찮은 이들에게 어차피 재능이 있는 자와 태생적으로 돈이 많은 자들을 이길 수 없을 거라는 좋은 위안거리는 설탕이 없는 초콜릿이다. 그렇게 부드럽고 씁쓸하게 퇴화된다.

노력과 재능은 별개가 아니다. 성공적인 결과가 보장되어 있다면 노력은 고통스러운 것이 아니다. 그러나 보장되어 있지 않기에 노력하는 건 무섭다. 노력은 배신할 수 있다. 재능을 찾기 전에 노력부터 하고 보는 자들에게는 특히 그렇다. 무작정 노력하기 전에 재능을 찾아야 한다. 누군가의 빈말이나 딱히 할 말이 없어서 지나가듯 한 칭찬도 거지처럼 게걸스럽게 낚아채 소중하게 여겨야 한다. 타고난 것을 빨리 찾으려면 과거의 경미한 갈채를 샅샅이 들춰내야 한다. 이건 재능을 찾기 위해 노력하는 거다. 되감기해서 재능을 착취하여 더 빠르게 나아가야 한다. 그렇게라도 찌질하고 살벌하게 작디작은 칭찬을 찾아내 나만 할 수 있는 것을 만들어야 한다. 스스로에게 로젠탈 효과를 거는 것과 같다. 어떤 노력을 하느냐에 따라 재능이 결정된다. 노력의 값에 따라 재능이 결정되니 이는 마치 함수다. 후천적인 재능도 재능이다.

천재들과 싸우다 넘어졌다면 흙이든 돌이든 음료수 캔이든 손에 잡히는 대로 집기 위해 바닥을 손으로 크게 쓸어야 한다. 그리고 손에 잡힌 흙과 돌과 캔이 그들의 눈에 명중할 때 그 미세하고 희박한 순간은 천부적인 재능을 만들 기회를 안겨준다. 재능은 포착하는 자의 것이다. 난 몇 년 전 장난을 치다가 교실의 화분을 깨고 반성문을 쓰던 중 글발이 좋다던 친구의 칭찬 하나 때문에 지금 글을 써 보고 있다. 재능을 찾기 위해.

완벽

인간은 완벽하지 않다. 완전무결하지 않다. 만약 완벽한 인간이 세상에 존재한다면 그건 유니콘, 용, 봉황과 같은 상상 속의 동물이다. 세상에 완벽한 인간은 없다. 시대적으로 추앙과 숭배와 경외를 한 몸에 받는 위인들에게도 결점은 마땅히 존재한다. 세계적으로 큰 이익과 영향을 주고 멋지게 강연을 마친 성공한 기업가가 무대를 내려와서 자가용에 탄 후 어디로 가서 뭘 하는지 아무도 모를 일이다.

제련에는 끝이 없고 우리는 영영 완벽으로 달려간다. 그러나 공공사회는 잘 알지도 못하는 타인에게마저 폭력적으로 완벽을 강요한다. 마치 본인은 완벽한 인생을 살아왔다는 듯이 지적하고 선도하는 꼴을 보자면 지겹도록 거북하다.

그 행위의 간극에는 우열에 대한 본능이 은둔해 있다. 사회적으로 인정받는 인간의 과거를 파헤치고 약점과 흠집을 찾아내어 온갖 정치와 선동으로 찍어내려야 체증이 풀리는 그 야생적인 종족의 본능, 그 본능을 후원하는 우열감은 해악이다.

인간은 완벽하지 않다. 인간은 완벽할 수 없다. 우리는 모두 자가당착을 일삼는 병신들이다. 그러나 스스로 배반적인 것을 인정하고 이해한 모순덩어리들은 현시점에선 완벽에 가깝다.

#악취미

완벽한 것은 허점이 없다. 무언가 등 뒤로 숨긴다면 앞에선 완벽해 보일지언정 뒤에 움켜쥔 것에 의해 완벽으로 성립할 수 없다. 그래서 완벽한 것은 떳떳한 것이다. 화장을 지워도 민낯이 예뻐야 하고 옷을 벗어도 조각상 같아야 하며 이어진 것이 어쩌다 잘려서 꿰매더라도 자국이 남으니 애초에 잘리지 않아야 한다. 그을음이 남은 이상 영원히 완벽할 수 없다. 그리고 사람에게는 사생활이 있으니 사람은 처음부터 완벽할 수 없다. 사생활은 숨길 만해서 사생활이다. 그래서 휴대폰과 컴퓨터에 이중으로 비밀번호를 설정하고 검색기록을 삭제하고 조그마한 자물쇠가 달린 일기에 개인적인 기분과 소망을 기록하고 대금까지 지불하여 치기어린 행적을 세탁한다. 굳이 알릴 필요가 없다고 하는 것들과, 물어보지 않아서 대답하지 않았다는 것은 알려지지 않아야 실리적인 경우가 많다. 사생활은 타인에게 과도하고 지나친 트리비아다. 망측한 상흔은 기밀로 남을 때 서로 웃는 얼굴로 안부를 묻는 것이 가능해지기에 전 세계의 방문은 손잡이에 붙은 누름쇠를 누르는 것 한번으로 문을 열 수 없는 구조로 되어 있고 기호에 따라 자가용의 썬팅을 좀 더 진하게 바꾸기도 하며 노크하는 것과 남의 물건에 손대지 않는 것은 지당한 예의가 된 지 오래다. 나만의 공간, 나만의 행동과 나만의 행복, 외적인 완벽함을 유지할 동력을 얻는 나만의 낙원, 일부에게 존중받지 못할 괴벽스런 취향과 짜릿하고 들추기 민망한 취미는 언제나 악취미다. 우리는 모두 은근한 악취미를 즐기는 완벽한 변태다.

#진실

모든 것을 용서해도 거짓말하는 것만큼은 용서하지 못한다는 식의 훈시는 아동 법률의 제1조 1항과 같다. 진실을 고하는 것은 규범이다. 이토록 거짓을 잇달아 제지하는 이유는 거짓은 영영 유보할 수 있고, 그렇다면 세상에는 영원한 거짓이 있을 수 있다. 그리고 영원한 거짓은 진실이기 때문이다.

우리는 중간고사와 기말고사의 성적표를 위조하거나 직무 중

상급자, 감사팀 등에게 적발되면 문제될 만한 것들을 눈속임으로 수정한 적 있다. 일련의 과정에서 성실이 아닌 조작이 정석이 되는 것, 문제를 삼지 않으면 문제가 되지 않는 것을 목도한다. 이어지는 진실의 이류개념은 진실은 변할 수 있다는 것이다. 그리고 진실은 딱히 중요하지 않다.

카모플라쥬, 생존과 보호를 위해서라면 엄폐해야 한다. 우연을 가장한 인연, 실수로 둔갑한 고의, 미소로 위장한 지루함, 표리부동은 완벽한 인간들의 기본적인 기운이고, 지상은 천고불후한 가면무도회다. 말 못할 사정으로 인한 오해, 드러내지 말아야 할 금기, 선제적인 헛소문을 정확하게 밝혀낼 진실의 엠바고가 무덤까지라면 오해, 금기, 헛소문은 곧 진실이다. 영원한 비밀은 실체적이고, 타인의 속마음은 읽을 수 없으며, 나의 과거는 얼굴에 쓰여 있지 않다. 그리고 현실과 진실은 냉정하거나 절망적이다. 반대로 말해 굳이 진실을 알려고 들지 않는다면 냉정하지 않고 절망적이지 않다. 헤밍웨이는 지루한 진실뿐인 세상에서 하루를 사느니 유쾌한 거짓으로 뒤덮인 세상에서 평생을 살겠다고 말했다. 진실 따위는 지루하다. 진실을 지루해하는 인간들은 극영화가 필요 없다고 했던 베르토프를 이해하지 못한다. 진실은 완전체가 아니다. 진실은 기술적으로 변하기에 원석이다. 진실은 중요하지 않고 진실은 언젠가 드러나지 않기도 한다. 그리고 본래 완벽한 진실은 없다.

외모지상주의

수려한 외모는 이성이 아니더라도 다종의 인간관계에 있어 훌륭한 무기가 된다. 같은 실력이면 준수하고 단정한 용모가 우선적이니 이력서 증명사진을 위해 성형까지 감행하는 사회현상은 결국 외모는 능력과 상관관계가 있다는 명제가 존립한다. 외모는 능력이고 능력은 돈이니 외모는 돈이 된다는 괴상한 삼단논법도 지금으로서는 딱히 어긋난 얘기는 아니다. 잘생기고 예쁜 사람들끼리 어울려 약 백 년 후엔 외모만으로 재산을 측정할 수 있는 날이 올 것이다. 시기적으로 가장 빠르게 겉으로 드러날 확적한 빈익빈 부익부다. 외모지상주의에 한해서 관상은 미신이 아닌 과학이다.

부정하고 싶어도 걷잡을 수 없다. 이미 무수한 모두가 암묵적으로 동의한 외모지상주의는 민주주의, 자본주의와 동일시돼가고 있거나 진작 그렇게 되어 있다. 아름다운 것이 보기 좋다는 루키즘은 본능과 직결되며 획일한 사실이다. 용기 있는 자가 미인을 얻고 용기는 곧 자신감이며 자신감은 외모에서 나온다. 그러니까 그냥 잘생기고 예쁜 자가 미인을 얻는다. 외강내강이다. 못생기면 다 쓰고 버려진 폐수이자 시정마이며 음지에서 평생 자위나 해야 하고 누군가를 좋아하는 것조차 죄가 된다. 진심과 헌신 따위는 가식적인 외모에 가려지고 우월한 미모가 주목받는 세상은 예쁜 범죄자에게 팬클럽까지 생기게 만든다. 흔하디흔한 대중문화의 사랑타령조차 잘 생기고 예쁜 사람들만의 전유물이다. 간혹 못생긴 자들의 절망감을 불식시키기 위해 외모는 별것 아니라는 메시지를 담아 영화와 드라마를 만들고 연예인들에게 이상형이 어떻게 되냐는 문답을 이용한다. 이 상스러운 딸랑이에 금방 울음을 그치는 얼굴은 구토가 나올 정도로 못생겼다.

#능력

외모지상주의의 실정을 뒤엎기 위해 비판하고 혁명을 하려는 시간과 노력으로 성형을 하든, 몸을 만들든, 모발 이식을 하든, 피부과에 연봉의 반을 쏟아붓든, 명품 시계를 차든, 이름을 바꿔 도리언 그레이 효과를 기대하든, 치아 교정을 하든, 걸음걸이와 말투를 바꾸든 간에 악을 쓰고 잘생겨지고 예뻐져야 한다. 공부를 못한다면 외모를 가꾸는 데 노력해야 한다. 공부를 잘하든 외모를 바꾸든 인생이 바뀌는 건 마찬가지기에.

그리고 외모가 능력이라면 능력이 외모라는 공식도 성립한다. 능력을 치장하면 사람을 매료시킬 재간이 된다. 능력에는 생각, 매너, 재치, 야망, 예의, 감각, 전문성, 재력, 음악성, 소주의 도수로 값을 따지는 저렴함이 아닌 와인에 대한 지식이 풍부한 것 등이 포함되어 있다. 능력은 자신감으로 이어져 외모를 다르게 비춘다.

못생길수록 외모지상주의를 활용해야 한다. 고작 멋있고 아름다워지는 것만으로 인생이 바뀔 수 있다. 외모지상주의가 적폐라고 떠드는 것은 그저 운동하기 싫다는 핑계다.

마천루 – 부산

울산이라는 도시에 20년 동안 진득하게 묻혀댔던 나의 결함이 여기저기에 골고루 들러붙어 있기에 가끔 야경을 보러 도망쳐야 할 때가 있다. 화려한 야경을 보려면 서울로 가야 하는데 왕복 10만 원과 5시간은 강제로 고향을 사랑하게 만든다. 그럴 때 고작 1시간 거리에 나와 같은 말투를 쓰는 도시에서, 서울보다 아름다운 야경을 가진 도시에서, 싱가포르보다 물과 밤과 빛이 조화로운 도시에서 손짓을 한다. 여기로 오면 되지 않냐는 듯이. 여기는 해운대의 마린시티다.

간절함과 여유

간절하면 성공한다. 사회적인 기준으로 성공했다고 일컬어지는 상당한 사람들은 '간절하면 성공한다'는 문장을 주관화된 관점을 버무려 무수하게 다양한 화법으로 전파한다. 간절히 상상하면 이루어진다, 간절한 꿈은 반드시 실현된다, 간절하면 못 이뤄낼 것이 없다. 간절함의 효험을 파설하는 소위 성공한 사람은 끊임없이 풍부했고 그렇게 감화를 받은 많은 지망생과 멘티, 추종자는 몸에 맞지 않는 간절함을 무리하며 입으려 한다. 그렇게 따라하여 입은 간절함은 헐렁해서 입고 다니지 못하거나 빠듯하여 찢어지기 십상이다.

물은 산소와 수소가, 소금은 나트륨과 염소가, 간절함은 상황과 동기가 구성한다. 풍족한 상황과 묽은 동기는 진짜 간절함을 조립할 반응을 할 수 없다. 영상 속 인물에게 감화된 간절함은 위작이다. 상황과 동기가 자연스레 창출한 간절함만이 안일하지 않다.

간절함은 창칼이다. 인간에게 무기는 맨손에 비하면 말할 것도 없이 근사한 생존수단이다. 그리고 간절함과 더불어 탁월한 무기로 여유가 있다. 여유는 총기다. 정확히는 저격수의 총에 가깝다. 상황을 지켜보고 적중시켜야 하는 목표를 향해 적의 시야가 닿지 않는 곳에서 방아쇠를 당긴다. 간절함과 여유의 상이점은 시야의 범위이며 마침내 매력의 차이로 번지기도 한다. 쿨한 게 멋있는 이유다.

정치색을 떠나 문 대통령이 현무2 시험 발사 참관 중 "북한과의 대화나 포용정책은 우리가 북한을 압도할 강력한 국방력이 있을 때 가능하다"고 한 말, 베게티우스의 『군사학 논고』에 '평화를 원한다면 전쟁을 준비하라'는 문장, 『삼국지』에서 '백 리를 가려면 백 리치의 식량을, 만 리를 가려면 만 리치의 식량을 준비해야 하지 않겠습니까'라며 유비가 노식에게 표했던 기백, 이것들은 간절한 것보다 여유가 훨씬 더 강하다는 것을 나타낸다. 그리고 로마의 신 야누스는 전쟁과 평화를 동시에 상징한다.

여유는 강함의 척도다. 따라서 간절한 것은 추하다. 항산항심이다. 나무를 보지 말고 숲을 보라는 저명한 격언은 여유와 관련되어 있다. 여유는 관찰의 각도를 넓혀 선택과 후회의 빈도를 조절한다. 간절함을 든 인물도, 여유를 든 인물도 매사에 두려울 게 없지만 이뤄야 할 것을 보는 분별력과 선명도가 다르다. 여유는 시력이 높다. 간절함보다 여유가 앞선 자는 쉬는 시간마저 회자되는 시간으로 여기고 사랑받기 위해 아양을 떠는

게 아니라 실력을 먼저 챙긴다. 잘 빚어낸 경험치가 여유를 만든다. 여유는 차분하며 유쾌하고, 은밀하며 노련하다. 간절한 것은 그렇지 않다. 그래서 간절함과 여유는 어쩌면 연륜의 차이다. 마각은 여유가 될 때 드러내야 효과적이다.

여유가 우선이다. 여유 없이 간절한 것은 언젠가 발목을 잡는다. 간절하게 여유를 찾아야 한다. 여유가 있어야 진짜 간절한 것이 보인다.

이상하여 이상적인

첨단을 걷는 시대, 획일적인 건 진부하고 퇴화한다. 유행보다 개성이 우선이 된 건 이미 옛날 얘기이며 인간상은 한층 더 다종다양해졌다. 정상과 비정상의 경계가 애매해졌고, 이상한 사람들이 판을 치는 이 이상적인 시대는 틀에 박힌 사고를 가진 연령 미상의 꼰대들을 골려주기에는 더할 나위 없는 환경을 형성하고 있다.

#선구자

놀이터 담벼락에 낙서를 하고 지나가는 고양이에게 돌을 던지고 벨을 누르고 도망가는 친구에게 남에게 피해를 주는 행동은 하지 말라고 말한다, 교실 구석 앞자리에 있는 소심한 아이를 모함하며 따돌리는 옆 반 친구에게 보기 불편하니까 그만했으면 좋겠다고 말한다, 일원 모두의 이익을 위해 무리하여 추진하는 사업 아이템의 비도덕성을 감지하고 반대를 외친다. 그리고 그들은 대개 방축된다. 고정에 대한 의문과 도전정신이 있는 일상의 작은 혁명가들, 고착화된 것에 도전하는 자들, 관행과 당위를 깨려는 자들, "다른 애들은 아무 말 안 하는데 왜 너만 지랄이야"에서 '너'를 맡고 있는 자들, 부조리를 부수려는 자들, 천명하는 자들은 항상 소외된다.

선구자는 항상 오해를 받는다. 그런 시선과 사회가 변화에 대해 경직을 만들어냈다. 선구자의 몸짓을 서스펜스의 기점으로 인지해왔으며 그냥 이상한 사람과 부적응자로 취급하는 것 또한 예사다. 대다수와 다른 행위를 하는 것에 대한 껄끄러움을 최대한 표현하여 시선을 쏘아붙이는 것은 수비적인 본능과 연계되었고 이미 당연하게 되어버린 흐름에 대한 도발은 어느새 금기가 되어버렸다.

#그래도 계속 이상하게

윤리의 범주 안에서 미친 새끼들은 더 많아져야 한다. 기하급수적인 증식을 해야 한다. 그들은 고정을 박살낼 힘이 있고 변화를 창조하는 방법과 에너지를 가졌다. 평범하지 않은 것은 이상한 게 아니라 비범한 것이고 답이 없는 곳에서 이상한 인간들의 변수가 난무하는 것 중에 반드시 답이 있다. 이것이 다르지만 틀리지 않은 '이상'이다. 정상과 비정상의 경계에 무지한 자들이, 비윤리성의 기준을 모르는 자들이, 그에 따른 경멸을 받는 것에 희열을 느끼는 마조히스트들이, 판을 뒤엎는 불온한 게임체인저들이, 저항정신으로 인해 세상을 바꾸는 것을 좋아하고 구속과 제약을 당연히 여기지 않는 훌리건들이, 뮤턴트룩을 입은 사문난적들이, 마네처럼 그림을 못 그린다는 얘기를 들으면서도 붓 자국을 그대로 드러내버리는 이들이, 악보와 대본에 빨간 펜으로 크게 X를 긋고 ad libitum과 rubato를 써내려간 이들이, '당기시오'가 쓰인 문을 밀어버리는 반골기질들이, 그건 안 될 거라는 남의 말을 들은 척도 안 하는 이들이 계속해서 이상하게 나타나야 한다. 사회적인 먼지가 가득한 공중에서 이상한 인간들은 기어이 이상을 만들어낼 것이다. 영화 「이미테이션 게임」의 작가 그레이엄 무어가 아카데미 어워드에서 각색상을 수상하며 했던 소감이다. "계속 이상하게, 계속 다르게 있어줘. 그리고 네 차례가 오면 그땐 네가 이 무대에 서는 거야."

#부적응자의 적응

비정상, 괴짜, 사차원, 별종, 돌연변이는 정상이 아닌 것들을 나타낸다. 그들은 이른바 정상인이라고 불리는 것들에게 이해를 받지 못한다. 대체 왜 그런 행동을 하냐며 답답해하거나 남들과 다르니 열등종자라고 못 박는 식이다. 여기서 정상화하지 못하는 부적응자들은 결국 이런 자신의 처지에 적응해야만 한다. 정상인이 될 수 없는 나에게 스스로 적응해야 한다는 것은 정상인들과 더불어 살아가기 위함인데 여기서 꽤 많은 봄철이 매몰 비용으로 쓰인다.

부적응자는 학습의 시간, 의심의 시간, 구별과 구분의 시간, 암시의 시간, 망상의 시간으로 인해 병리적으로 적응자가 되기까지 아주 오래 걸린다. 그래서 오히려 억지로 적응자가 되는 것보다는 부적응자로 사는 것에 적응하는 것도 괜찮다. 언젠가 그 적응은 부적응자의 정서를 목가적으로 변모시킨다. 하다못해 부적응에 적응을 맺은 의연한 아웃사이더는 여럿의 모표가 되기도 한다.

인간이라면 도저히 할 수 없는 행동들은 인간밖에 하지 못한다.

희망팔이

니즈의 흐름을 장악하는 사업가는 번성한다. 음식이 맛있으면, 옷이 예쁘면, 어떤 기물이 일상이나 회사에서 좀 더 효율적인 생활을 하게 도와준다면, 그릇의 무늬가 독특하다면, 텀블러의 색상이 단조로우면서 산뜻하다면, 생활에 미세한 변화를 주는 도구와 낙이 되는 상품은 돈을 지불할 욕구를 야기한다. 그리고 너무 당연한 얘기지만 소비자가 많아질수록 판매자는 돈을 많이 번다.

여기 희망을 파는 사람들이 있다. 희망의 중독성을 일찍이 감각한 그들은 누가 봐도 잘생기고 예쁜 배우를 모태솔로로 설정하고, 체격이 왜소하고 안경을 착용한 더벅머리를 은둔형 싸움 고수로, 단칸방에서 소주병을 부둥켜안고 뒹굴대는 낭인을 어느 한 분야에 천재적인 역량을 가진 실력자로 이야기를 구성하며, 기획사는 아이돌에게 연애를 해본 적이 없다고 인터뷰를 해야 한다며 교육하고, 돈과 배경이 없고 직업이 변변치 않아도, 전과자여도, 저학력자여도, 소수자, 이상자여도 성공했던 일화를 다듬어 양산한다. 대중매체의 이점을 이용한 손쉬운 유통과정과, 소비자의 관심도와 접근성은 희망을 모르핀으로 만드는 속도를 촉진해왔다. 서늘한 현실에서 희망적인 소설은 생명의 지속성을 돋우기에 요긴하지만 깊게 몰입하거나 현실과 소설의 경계에서 허우적대는 찰나 희망의 상품화로 인해 인간은 현실에서 살지 못한다. 어떤 희망은 그저 팔기만 하면 그만이다.

전체

개인이 모여 집합이 되고 집합이 모여 전체가 된다. 전체가 수월하게 돌아가기 위해서는 한 명이 한 개의 볼트와 너트, 또는 톱니바퀴가 되어야 한다. 자연스럽고 원만한 관리법은 특성의 억압이다. 개성과 신념이 강한 톱니바퀴는 맞물려 장착돼야 할 다른 톱니바퀴들과 아귀가 맞지 않을 확률이 높아서 공구를 이용해 삭치한다. 그래야 무난하게 톱니바퀴가 돌아가 기계가 움직인다.

전체를 위해 특성은 난자당한다. 모든 집단의 이념은 사실 사회를 위해, 평화를 위해, 공리를 위해, 시장을 위해, 최대한 모두를 놓지 않기 위해 개인을 죽여 가며 전체의 위상을 드높이기 위한 것들에 신경이 쏠려 있다. 민주주의나 포퓰리즘도 결국 테일러리즘에 표방된다. 우리는 다양한 방식의, 여러 패턴의 전체주의 안에서 움직이고 있다.

#징병제

징병제, 집단이 개인의 안위 따위에는 관심이 없다는 것에 확신을 줄 수 있는 여러 체제 가운데 가장 명료한 근거다. 이렇게 오래, 이렇게 길게 행해왔기에 이게 옳을 수도 있겠다고 헷갈릴 정도로 개선은커녕 무던하게 유지되어간다.

사람이 처음 단 맛을 느끼면 달콤하고 황홀한 쾌락이 제정신을 쥐어 조종하고 잠식한다. 남을 내 맘대로 할 수 있다는 권력이라는 감미료는 월등한 당도를 자랑한다. 그 첫 권력은 대부분 군대에서 시작된다.

처음 가져본 권력은 위험하다. 다스리기보단 한시라도 빨리 휘둘러 보고 싶기에 명분이 생기길 기다리기 전에 찾아다니거나 만들어낸다. 억지로 시비를 그럴듯하게 빚어내어 폭력을 행사할 근거를 창조해내고는 전혀 조절이 안 된 미숙한 손과 언어는 상대방을 사람 취급 따위 하지 않겠다는 듯한 파괴력으로 날아와서는 신체와 정신을 괴멸시킨다. 평범한 청년은 폭력적이어도 되는 상황이 되자 폭력적이다. 한나 아렌트의 눈엔 한국군은 아돌프 아이히만으로 가득할 것이다.

가장 비인간적이고 비정상적인 이곳에 이제 갓 성인이 된 소년들은 휴전중이라서, 국방력을 위해서, 만일의 전시상황을 대비한다는 명목들로 인해 강제로 끌려간다. 계획과 자아를 정립

할 새도 없이 다른 색깔에 강압적으로 섞여 모두가 검은색으로 변질돼 신속한 근묵자흑을 이뤄낸다. 개화기에 유채색의 꽃잎이 보이지 않는다. 모두 색이 없어야 관리가 쉽다.

#연대책임

단체의 장이 단체를 교정하기 위한 가장 쉬운 방법은 선별한 한 명에게 죄책감과 책임감을 주입하는 것이다. 제일 효과적인 방법은 모두에게 책임을 묻고 모두를 같은 원흉으로 판가름해버리겠다며 으름장을 놓는 것인데 물의를 일으킨 그 한 명이 개선되지 못하면 그에게는 신체적이든 정신적이든 그 내부에서 압박이 가해진다. 한 명이 실수하면 한 명이 처벌을 받는 게 아니라 한 팀이 힘들어진다. 관리자가 직접 나서지 않고도 전체가 관리된다. 편리하고 영리한 방법이다. 전체를 위한 전체주의는 사실 소수를 위해서다. 내가 한 일이 아니더라도 내가 벌을 받고 내가 한 일에 모두가 벌을 받는다. 연좌제도 같은 맥락이다. 연대책임은 아무도 개인에겐 관심이 없다는 것을 철두철미하게 입증한다.

#일반화

책임소재가 조금이라도 까다로워질 기미가 보이면 개인의 과실을 전체의 허물로 얽어맨다. 개인의 실족을 팀의 시스템 문제로 추정하여 터무니없는 방향으로 돌을 던져대는 난해하고 얄궂은 통제법은 의외로 오랫동안 집행되고 있으며 이때 인간은 동물 중에서 가장 야만적이고 미개해진다. 어느 한 여경의 미숙한 주취자 대응 영상을 보며 여경 전체에게 손가락질하고, 유치원 교사의 폭력적인 미취학 아동 훈육에 대한 기사를 보며 대한민국의 모든 어린이집, 유치원 교사에게 비난이 쏟아지고 조현병을 가진 살인자에 대해서는 살인이 아닌 정신병에 초점이 맞춰져 정신병 환자들을 지탄하고, 중국인의 잘못은 중국인 전체를, 흑인은 흑인 전체를, 국회의원은 국회의원 전체를, 가출청소년은 가출청소년 전체를, 의사는 의사 전체를, 간호사는 간호사 전체를, 건물주는 건물주 전체를, 나의 잘못은 나의 부모님과 주위 사람들을, 노점상은 노점상 전체를, 인터넷 방송인은 인터넷 방송인 전체를, 남자는 남자 전체를, 여자는 여자 전체를, 동성애자는 동성애자 전체를, 모델은 모델 전체를, 변호사는 변호사 전체를, 택시기사는 택시기사 전체를, 기업인은 기업인 전체를, 한 개인이 저지른 잘못으로 그 개인의 정보와 이력 중 가장 맛있어 보이는 단어 하나를 끄집어내어 그 단어의 카테고리에 속한 모두를 끌어들여 불판에 나열한다. 그리고 허기에 눈이 멀어 불 조절을 못해 설익히거나 태워버리기를 되풀이한다. 이 일반화의 오류를 가장 잘 이해한 사람은 일제의 잔재를 탄압하려 애쓰고 한일전에 열을 올리면서도 일본 지진 피해자들에게 성금을 보내는 자들이다.

#희생

만약 당신 혼자 죽어서 백 명을 살릴 수 있든, 만 명을 살릴 수 있든, 지구를 구할 수 있든, 우주를 구할 수 있든 죽기 싫다면 죽지 않아야 한다. 그리고는 살아서 다행이라고 안도를 해야 한다. 거기서 죽어버린다면, 살아도 죄책감에 시달린다면 당신은 그냥 진작 죽었어야 할 전체주의자다.

#복수

“니체는 원수가 명예를 훼손했다면 복수로 그것을 복구할 수 있다고 했고, 원수를 사랑하라던 기독교는 빼앗긴 예루살렘을 되찾기 위해 십자군 전쟁을 일으켰다."[1] 내 손으로 피가 피를 부르는 복수를 시작하여 누군가 피해를 입을까봐 걱정하는 것은 이미 나는 전체주의의 주입식 노예가 되었다는 것을 인정하는 꼴이다.

1) 스티븐 파인먼 저, 이재경 옮김, 『복수의 심리학』 참조

#안전핀

형제자매가 싸우면 부모님은 속상하다. 두 명을 타이르는 건 당연히 한 명을 달래는 것보다 힘들다. 그래서 차라리 싸우지 않아야 부모님의 속이 편하다. 변신 로봇 장난감 2개를 살 돈이 없어서 양보의 미덕을 가르친다. 보복의 본능을 억제하려고 용서의 진가를 교육한다. 애초에 싸우지 않아야 부모님이 편하다. 애초에 싸우지 않아야 전체가 평화롭다.

전체가 평화롭기 위해 개인은 감정을 표출하지 않아야 한다. 평화에 반하는 감정은 소리가 크고, 소리가 큰 건 동요성이 있

다. 전체를 위해 교육된 통념이 안전핀이라면 의문이 공이이고 각성이 뇌관이다. 복수는 또 다른 복수를 낳으니 용서해야 하고, 졌지만 잘 싸우면 된 것이고, 당신이 궂은일을 해주기에 세상이 돌아가는 거고, 과정이 아름다우면 결과는 중요하지 않고, 내 인생의 주인공은 나이고, 세상에 불가능한 것은 없고, 기회는 누군가에게 온다는 거짓말로 터지지 않게 안전핀을 채운다.

폭발을 막으려고 안전핀을 만들었다는 것은 처음부터 기폭제가 존재한다는 것이다. 복수하지 않으면 또 당하는 호구가 되고, 진 것은 잘 싸우지 못해 진 것이고, 세상은 돈 많은 소수에 의해 움직이고, 불가능은 존재하며, 결국 결과중심사회임을 알아야 한다. 내가 스스로 터득한 소스의 비법을 어째서 나눠야 하나. 희생하지 않고, 일상에 순응하지 않고, 빼앗겼으면 뺏어야 한다. 울음을 달래기 위한 요람 위의 모빌 또한 리바이어던이 달아둔 것이다. 따뜻하게 안아주는 것이 아니다. 안전핀이 신관에서 빠지지 않게 잡고 있는 것이다.

의심

우리는 사람이고 사람은 완전하지 않다. 무한히 진열된 세상의 모든 것들은 결국 사람이 빚어낸 것이다. 절대적인 진리라고 여겨지는 것들도 사람이 만든 것이기에 진리는 진리가 아니다. 교과서, 종교와 신, 역사, 법과 양형, 사상, 예의, 경전, 제도, 옛날 우리와 같은 어떤 한 인간이 만든 무언가는 시기와 상황이 잘 맞물려 운이 좋으면 위대하고 고결해서 절대 의구심을 품어선 안 될 성전으로 추앙받기도 한다. 영향을 받은 부근의 인류는 2세와 후손에게 세뇌에 가까운 구전을 통해 교육을 하고 받으며 의심의 여지 없이 견고해지기에 이른다. 지금 우리가 교육받고 있는 모든 것들은 의심해볼 가치가 차고 넘친다. 당연한 것들 중 당연하지 않게 여겨야 하는 것들이 있다. 전부 우리와 같은 사람이 만들었다.

#신뢰

그네, 정글짐, 롤러코스터, 자이로드롭 등은 놀이기구다. 아슬아슬한 것은 놀이가 되기도 한다. 위태로운 것은 의심의 여지가 있다는 것이다. 그네의 줄이 끊긴다면, 정글짐에서 발을 헛디뎌 추락한다면, 롤러코스터가 선로를 이탈한다면, 자이로드롭이 바닥까지 떨어진다면 어떡하나. 의심의 여지, 사고가 일어날 가능성에 대해 예감하고 두려워한다는 것은 그네, 정글짐, 롤러코스터, 자이로드롭은 인간이 만들었기 때문이다. 인간의 손길이 닿은 것 중 완전히 안전한 것은 없다.

신뢰관계 중 한 톨의 의심조차 불순물로 여기는 이들이 많다. 그들은 '당신이 나를 완전히 믿으려면 의심조차 하지 않아야 한다. 의심이 시작되면 신뢰는 박살난다'라는 것을 정언명령처럼 여긴다. "너, 나 못 믿는 거야?"를 밥 먹듯이 남발하는 당신의 남자친구나, 근로계약서를 쓰지 않는 편의점 점주나, 빌려간 돈을 상환하라고 독촉하면 도리어 화를 내는 채무자 같은 부류 말이다. 이들은 신뢰의 의미를 날조하여 의심하는 자를 반인도주의자 같은 부류로 매도하기에 이른다. 여기서 존엄성을 버린 자는 대체 어느 쪽인가.

믿음의 성립은 확인이 필수다. 완전한 신뢰를 위해 의심은 필연적이다. 신뢰를 바란다면 끝없는 의심을 허용해야 한다.

보잘것없는 잔인함

가장 높은 확률로 관심을 끌 수 있는 방식 중에 잔인해지는 것이 있다. 관심을 끌려 잔인해지니 정확히는 잔인한 척에 가깝다. 그들이 관심을 받기 위해 주로 쓰는 방법은 사건의 피해자나 희생자를 조롱하여 흥미를 유발하고 증폭시키는 것인데 이 미끼들은 상당히 자극적인 냄새를 풍기기에 물지 않고선 못 배길 정도로 먹음직스럽다. 죽음을 조롱하는 반인륜에 수렴하는 태도가 그들의 자아의식과 유대감을 둘러싸고 있다는 것이 측은하고 혐오스럽다. 이 악행의 근원은 관심 유발과 현실도피에서 시작된 핑계와 보편적인 사람들은 하지 않는 발언을 서슴없이 할 수 있다는 것에서 특별한 사람이 된 것 같은 착각 때문인데 특히 무서운 점은 이 행동들이 신념을 바탕으로 이루어져 있다는 것이다. 그들은 관심을 끄는 것에 탁월한 소질이 있다. 죽음마저 모독하는 그 보잘것없는 잔인함은 당신들의 유일한 재능이다.

#편 가르기

사람이 죽었다. 지하철에서 화재가 나서, 민주화운동을 하다 총에 맞아서, 배를 타고 수학여행을 가다 침몰해서, 인간의 잔인성은 피해자가 죽은 후에도 증진하여 역겹기가 그지없다.

2014년 4월 16일, 날아가기 직전의 나비들을 잡고 날개를 찢어 짓누르고도 뻔뻔히 고개를 쳐들려는 사람 새끼가 아닌 족속들이 있다. 사건 시각과 위치를 조작하고, 항적 기록은 꺼져 있었고, 선원들은 해경 타령을 하며 승객들을 탈출시킬 생각 따위는 없어 보였고, 구조에 참여하려는 민간선박에게 계속해서 엉뚱한 위치를 알리고, 급격한 우회전에 따른 화물 쏠림에 의한 단순한 교통사고라는 정부가 내놓은 사인은 국민을 병신들로 생각하는 듯하며, 목격자, 생존자의 증언과 정부의 기록은 하나도 들어맞지 않고, 유족에게 보상금을 운운하는 개새끼들도 있고, 중립을 지켜야 하니, 이제 지겨우니 노란 리본을 떼라고 한다. 추모를 하기 전에 책임을 회피하고 편을 가르고 네 잘못 내 잘못을 따지는 세상이다. 추악한 거짓들이 난사된다. 비열한 어른들은 아이들 앞에서 부끄러운 줄 모르고 부취를 풍겨댄다. 수치와 분노가 뒤엉켜 아찔해지기에 이른다. 왜 속도를 올렸나, 왜 지그재그 운항을 했나, 왜 왼쪽 앵커가 녹슬어 있고 페인트칠이 벗겨져 있나, 왜 구조하지 않았나, 왜 침몰했나, 왜 죽었어야 했나, 왜 죽였는가. 사건사고가 삽시간에 뜨거워졌다가 금방 식어버리는 이곳에서 유일하게 잊지 않아야하는 게 있다면 그건 세월호다. 늘 그랬듯이 잊어버린다면 다음은 나와 당신들의 아들과 딸이 칼에 찔리고 불에 타고 여객선과 함께 침몰할 것이다.

직업의 굴레

직업, 사람이 자신을 표현할 때 빼놓을 수 없는 필수적인 요소이고, 사회적 자아이며, 공통적이고 궁극적인 목표이자 인생을 결정하는 정체성이다. 일생을 걸고 집착할 만큼의 가치도 있고, 또는 그럴 수밖에 없으니 평생 이 독이 든 성배를 찾아다니는 종족은 어리석은가, 명예로운가.

#역할

직업은 보수적이다. 어떤 직업을 선택하고는 공부하고 경험하여 몸에 칭칭 감으면 그 직업과 상반된 행위는 어색하고 껄끄러워 보인다. 만약에 잘나가는 축구선수가 헤비메탈을 기반으로 한 앨범을 낸다거나, 흉부외과 의사가 클레이사격 국가대표 선발전에 출전한다거나, 에르메스 전속 모델이 UFC 여성 스트로급 타이틀 매치에 선수로 참가한다면 시선과 기대치는 직업의 성향과 상극일수록 요동을 친다. 이 현상은 이것을 잘하는 사람이 저것까지 잘해버리는 다재다능함이 불공평해서 못마땅하거나, 이미 이 분야의 전문가인데 설마 저것까지 잘하겠냐는 의구심 때문이다. 역할의 고정관념은 직업이라는 것을 폐쇄적으로 만든다.

#귀천

저소득층과 사회적 약자계층을 구슬리고 달래기 위해 존재하는 문장이 직업에 귀천은 없다는 것이다. 상대방의 태도와 시선에 차이와 차별이 있고 인생을 평가당하는 척도이자 기준점이 되어왔으니 가장 어처구니없는 격언이다. 누구나 할 수 있는 일과 할 수 없는 일의 상이점이 실체하여 장래희망의 체계가 되었고 돈은 반드시 행복과 비례하며 연봉은 곧 권력이다. 계급사회가 폐지된 지 100년이 넘은 이곳에서 우리는 누군가에게 허리를 숙이고, 욕설과 폭력에 침묵한다. 아직도 누군가는 어떤 직업을 두고 비웃는다. 가지고 있는 돈과 명예는 언행에 무게를 싣는다. 이제야 귀천의 구분이 인류의 근간이라는 것을 깨닫는다. 아직도 직업엔 귀천이 있다.

#태도

해야 할 것과 해보고 싶은 것을 따로 둘 필요 없다. 세계여행도 장래희망이다.

최대한 쉽고 편하게 돈을 벌고 싶다는 것도 엄연한 장래희망이다. 천명이든 소명이든 딱히 필요 없다.

중요한 건 평생직장이 아니라 평생 직업이다.

로트렉은 당시 다른 화가들과는 달리 매춘부를 그릴 때 성적인 육체에 초점을 두는 것이 아닌 그 여성의 삶을 그렸다. 그의 시선은 업이 아니라 사람에 있었다. 그는 업으로 사람을 평가하지 않았다.

불교를 종교가 아니라 철학으로 생각한다면 그리 되듯이 용접공이 기술자가 아닌 예술가의 태도로 임한다면 그 금속은 작품이 된다. "어차피 뭔가를 하고 있는 사람들은 모두 예술가다."[1)]

직업을 대하는 태도가 달라지면 직업의 굴레에서 벗어난다.

1) 요셉 보이스가 '사회적 조각'과 관련하여 한 말

선천

인정욕구에서 파생된 상하 분류, 등급을 나눠야 직성이 풀리는 천성, 호평가를 위해 타인을 깎아내려야 하는 찌질한 본성은 이제 볼품없게도 선천적인 것들을 들먹이기까지 한다. 출신 지역, 인종과 피부색, 나이, 외모, 국적, 장애, 성별, 부모님의 유무와 직업, 가정환경 등 한 생명이 태어나는 순간 본의 아니게 가지게 된 선천적인 것들은 언젠가 그 생명의 잘잘못 따위는 관계없이 차별을 받는 순간이 있다. 그 선천적인 것들로 차별을 하는 인간들은 가진 게 없어서 타고난 것으로라도 우월감을 느끼려 하는 더럽고 치사한 원시적이고 하찮은 벌레들이다.

견해와 실패가 선천적인 것들로 인과가 되어왔으니 우린 그저 말을 하는 가축이다. 심지어는 종파와 항렬을 따지거나 나이로라도 우열을 가리려 빠른 년생 같은 문화가 생겨났으니 이 선민의식은 영장만이 가질 수 있는 고유하고 저급한 민족 사상이다. 이는 마치 영화를 먼저 봤다는 이유만으로 스포일러를 할 수 있는 자격과 권리를 얻은 것처럼 구는 것과 다를 바 없다.

"유럽이 총기와 병균과 금속을 먼저 확보할 수 있었던 것은 그 민족이 우월해서가 아니다. 먼저 확보하지 못한 국가가 무능해서가 아니다. 그저 대륙의 환경적 요인 때문이다."[1] 타고난 것을 이용할 순 있어도 타고나지 못한 것을 어찌 잘못이라고 할 수 있나. 선천적인 것은 운이다. 선천에 대한 차별은 돌이킬 수 없는 분란을 초래한다.

1) 재레드 다이아몬드 저, 김진준 옮김, 『총, 균, 쇠』 참조

융통성

관계에 있어 성격이란 건 중요하게 작용을 하니 악수 이후의 첫 절차는 성격 파악이다. 그리고 성격으로 바둑처럼 수 싸움을 하기에 우연히 관계에 유리한 성격을 취득하면 그 성격에 의존하기 시작하고 심한 경우 그 성격의 바운더리에 갇혀 언행을 조종당한다. 주객전도다. 나는 카리스마가 있으니까 누구한테나 어디서나 항상 카리스마가 있어야 해, 나는 유쾌하니까 누구한테나 어디서나 유쾌해야 해, 나는 과묵하니까, 나는 부드러우니까, 나는 까칠하니까, 나는 착하니까, 나는 나쁘니까, 나는 가위바위보할 때 가위만 내는 성격이라서 끝까지 가위만 내야 해.

꾸준할 필요 없다. 한결같은 건 순조롭지 않다. 일관성은 우둔하다. 가진 성격은 많을수록 유리하다. 이 사람에게 친절하고 잠시 후에 저 사람에게 화를 내더라도, 이 공간에선 정중하지만 다른 곳에서 방탕하더라도 지탄받을 이유는 없다. 그저 '상대하기에' 적합한 아이템으로 변환한 것뿐이다. 융통성은 지능을 가진 동물의 특권이다. 前 천하장사 강호동이 방송에서

했던 말이다. "천하장사를 하려면 한 가지 자세로는 안 돼. 키 큰 사람하고 할 때는 오른쪽 다리를 더 집어넣고 상대방에게 체중 부담을 줘야 하고, 또 나보다 체격이 작은 사람은 오른다리를 빼서 감싸안듯이 자세를 잡아야 하고…" 그의 말에 따르면 한 가지 기술로는 천하장사가 될 수 없었다.

#다중인격

'우리 모두 현실주의자가 되자, 하지만 가슴속에는 불가능한 꿈을 품고 살자.' 반의적인 것은 매력적이다. 말이 안 되기에 더 궁금해지는 역설의 마력은 자극적으로 이끌리기 마련이다. 불타는 얼음, 작은 거인, 부드러운 카리스마, 낮엔 화사한 옷을 입고 동요와 자장가를 부르던 어린이집 선생님이 밤이 되면 검은 라이딩 팬츠를 입고 클럽의 메인 스테이지에서 춤을 추는 것의 기하학을 분석하는 것은 가장 아름다운 천사에서 지옥의 왕이 되었던 루시퍼를 심문하고 부검하는 것만큼 흥분되는 일이다.

맨 위의 문장은 혁명가 체 게바라의 명언이다. 우리는 공상을 떠벌리다가도 냉철해야 한다. 철저하게 현실에 입각하고 인정하되 비현실적인 이상을 가진 몽상가가 되자는 게 우리 다 같이 자아분열증 환자가 되자는 뜻은 아닌 듯하다. 해석은 늘 자의적이다. 그러니까 감성적이되 감정적이지 않아야 하고, 몽상을 품으며 현실을 직시해야 하고, 미치거나 취해 있더라도 걸음은 똑바로 걸어야 하며, 희망에서도 염세를 찾아내야 한다는 말인 것 같은데 일단 두어 번 정도만 곱씹어도 정체성에 균열이 생길 것만 같다. 그러나 균열이 생겨 깨져버려 원하는 조각을 집을 수 있다면, 하나의 도형이었던 자아와 정체성의 균열이 깨져버려 다양한 도형의 유리조각이 되었고 동그란 자아가 쓸모없을 때 뾰족한 세모형 자아를 꺼낼 수 있다면, 허황된 꿈의 조각과 냉기에 벼려 날이 선 현실의 조각을 양손으로 동시에 쥘 수 있다면, 만약 그게 가능하다면 인격의 다중화는 현실과 이상을 동시에 볼 수 있게 하는 초능력이 될 것이다. 시인 필립 라킨의 말이다. "철저히 정신분열증으로 살면 된다. 각각은 서로의 피난처가 되어줄 테니."

transurfing이라는 영단어가 있다. apple은 사과이고 bag은 가방이지만 transurfing은 한글로 해석된 단어가 없다. 가장 쉬이 추론할 수 있는 관계식은 transfer(옮기다, 이동하다) + surfing(파도타기, 서핑)인데 파도를 옮겨 타는 것 정도로 해석할 수 있겠다. 양자물리학자 바딤 젤란드의 대표 저서인 『Reality Transurfing』에서는 사람은 파도를 옮겨 타듯 원하는 현실로 옮겨 탈 수 있다고 한다. 그 방법은 원하는 현실로 갈아타는 것

(reality transurfing)이다(transurfing이라는 단어 또한 바딤 젤란드가 만들었다). 서핑을 할 때 타고 싶은 파도로 옮겨가듯 원하는 현실로 갈아탈 수 있다는 비현실적인 이치는 그저 인격을 바꿔버리면 될 일이다. 네가 감당할 수 없을 정도로 실현하기 어려운 현실이 있다면 그냥 네가 아닌 다른 사람이 돼버리면 된다.

유목민의 영리하고 우수한 생존 방식은 하등동물의 귀감이 될 만하다. 가축에게 풀을 뜯게 하다 풀이 없어지면 풀이 있을 만한 다른 곳으로 이동하여 생활한다. 이 간단한 요식을 우뇌와 좌뇌에 각각 수주대토와 각주구검을 조판해버린 근본주의자와 전통에 연연하는 원칙주의자들은 지극히 개인적인 양식에 집착하여, 유목하는 펜듈럼을 두고 사람이 어떻게 변할 수 있냐며 억지를 부린 다음 기회주의자, 변절자라며 폄훼한다. 이 배외적 태도는 지능이 낮은 하등동물들과 견줄 수 있다.

세상에는 상황이라는 게 있다. 상황에 따라 달라진다는 말은 시간이나 장소, 행동이나 환경의 영향을 받아 반응이 변하는 것을 말한다. 우선 한 어린아이가 있다. 이 아이가 설거지를 도와주고 주문한 심부름 리스트를 깔끔하게 소화했으니 어머니는 벌써 다 컸다는 칭찬을 하지만 립스틱이나 커피에 손을 대면 아직 어린 것이 취급할 게 아니라며 타박한다. 그 아이의 신체는 그대로지만 행동에 따라 듣는 말이 양극적으로 달라진다. 모르는 게 약이거나 아는 것이 힘이거나, 다다익선이거나 과유

불급이거나, 길고 짧은 건 대봐야 아는 상황이 있고 오르지 못할 나무는 쳐다보지 말아야 할 상황이 있으며, 시간은 금이지만 금 보기를 돌같이 할 상황이 있거니와, 어제 꾼 꿈은 맞기도 하고 반대이기도 하며, 정신이 육체를 지배하지만 건강한 육체에 건강한 정신이 깃들기도 한다. 만약 편하게 앉기 위해 혼자서 기차나 영화관 좌석 두 석을 예매하는 것을 법적으로 비난할 이유는 거의 없지만 명절 귀성길이나 주말 저녁이라면 시기적 상황으로 인해 비윤리적이라는 시선을 받게 된다. 참석하는 장소에 따라 복장을 달리하는 부분은 더 말할 것도 없다. 그리고 난세에서 영웅이 탄생한다. 아까 빌라 1층에서 배달원에게 치킨값을 결제하기 위해 카드를 내밀넌 소녀는 사실 유관순의 기백과 DNA를 지녔지만 일제강점기가 아니라서 후드와 잠옷바지와 슬리퍼 차림일 수도 있다. 이것은 상황의 영향력이다. 상황에 따라 자세를 바꿔야 한다. 상황에 따라 나를 바꿔야 한다. 이것은 우울한 것도, 멘탈이 약한 것도, 그런 삶을 살기로 한 것도 다 내가 선택한 것이니 환경 탓을 하지 않겠다는 태도이기도 하다.

융통성은 균형을 지키려는 의지다. 군웅할거하던 때에, 경도하는 제자백가가 다방에서 직면할 때에도 제갈량은 도가, 유가, 법가의 종합으로 학문의 균형을 지켰다. 이 균형에 대해 쉽게 말하자면 과학주의자라고 해서 귀신이 없다고 생각하는 건 아니라는 태도 같은 거다. 처음 접한 학문으로 치우쳐버리면 나중에 접한 학문이 나와 맞을 때 높은 확률로 인지부조화로 이어진다. 이때 융통성이 필요하다. 필요한 것만 빼내 빠져나가든가 한 마리에 집착하지 않고 두 마리 토끼를 잡겠다는 노마드적인 융통성은 그런 인지부조화를 막는다.

'MARVEL'의 두 히어로에 대해 얘기를 해보자. '문 나이트'는 이것을 활용했고 '스파이더맨'은 활용하지 못했다. 문 나이트는 어린 시절 집안 사정에 의한 충격으로 다중인격을 형성하게 된다. 문 나이트는 주인공 마크 스펙터의 4개 인격 중 하나다. 문 나이트나 배트맨 같은 비밀과 어둠의 자경단원은 언제나 공권력의 눈 밖에 나기 마련이다. 그래서 문 나이트는 경찰에게 쫓기지만 또 다른 인격인 미스터 나이트는 오히려 경찰의 자문을 맡는다. 또는 택시기사 제이크 로클리가 되어 거리의 정보를 수집하기도 하고, 문 나이트에게 금전적 지원을 하는 스티븐 그랜트라는 금융업자가 되기도 한다. 그는 다중인격을 효율적으로 활용해 자신을 다른 사람으로 바꿔 범죄를 해결한다. 우리의 친절한 이웃 스파이더맨 또한 특유의 책임감을 우직하게 밀어붙여 범죄 해결에 몸을 던진다. 그러나 그는 어리고 미숙하여 뉴욕 시민들을 위험에 빠뜨릴 뻔한다. 그의 정신적 지주인 토니 스타크는 아버지의 심정으로 꾸짖으며 이내 슈트를 압수하려 한다. 피터 파커가 울먹이며 "저는 슈트 없이 아무것도 아니에요"라며 용서를 청했고 토니 스타크는 "슈트 없이 아무것도 아니라면 넌 더더욱 가질 자격이 없어"라며 끝내 슈트를 압수한다. 이건 하나의 정체성에 국한되어 갇히지 말라는 얘기다. 이 내용은 영화 「스파이더맨: 홈커밍」에 나온다. 여기서 주인공 피터 파커는 '스파이더맨'이라는 정체성에 집착해 고등학생의 본분을 잊어버린다. 갇혀버리면 집중은 곧바로 집착이 된다. 여러 정체성을 두고 한계를 확장하여 집중의 효율적 순환을 이끌어내는 방법은 내 안에 여럿을 두는 것이다. 한 사람 안엔 최소한 두 명이 있어야 한다.

인격은 만들어진다. 뼈대에 살이 붙고 도화지가 물감으로 칠해지듯 성격은 찰나의 순간 인격이 된다. 이제 성선설과 성악설은 실속이 없다. 선이나 악으로 규정하는 건 곧 갈라파고스 신드롬이다. 성선설의 반대 개념이 성악설이라면 성선설과 성악설의 반대 개념은 존 로크의 백지설이다. 선도 악도 아닌, 선이 될 수도 있고 악이 될 수도 있는 백지. 하나의 물감만 쓰는 건 낭비다. 어둠 속에서 빛을 강조하거나 빛으로 어둠을 강조하는 렘브란트처럼, 카라바조처럼, 더 깊은 악을 표현하기 위해 슬림셰이디를 만든 에미넴처럼, 더 깊은 화를 표현하기 위해 라파마사카를 만든 소코도모처럼, 리베로와 스위치히터는 상대에게 혼란을 줄 수 있고, 리버서블은 유용하며, 록의 역사는 분화로 진보해왔다. 근원과 근원의 융합은 응용이 되어 발전이라 불린다.

위 문단에서 표현한 선과 악은 그저 대극으로 나뉘는 두 개념의 메타포다. 그 사이의 척화비를 적출하여 둘 다 이용하게 된다면 신속하되 정확할 수 있고, 인파이터이되 아웃복서일 수 있으며, 고독을 즐기더라도 사회적일 수 있고, 개인적이지만 공동체의식을 가질 수 있고, 친절하지만 위엄하며, 안정과 반복을 좋아하되 고지식하지 않을 수 있고, 사색가로 살되 생각이 너무 많아 아프지 않을 수 있다. 이 모던의 선악은 각각의 악이 선이 되는 보완성을 띤다.

소신에는 딜레마가 있다. 귀를 열면 변하지만 변하는 것은 지켜왔던 소신을 부정하는 것이다. 그렇다고 귀를 닫고 사는 것은 고집이다. 인격의 병치는 소신 있되 고집 없는 유연한 인간이 되는 것이다. 주체성이 없는 것이 정체성이다. 정체성이 하나밖에 없다면 싸워야 할 때도 평화주의자가 된다. 그건 쓸모가 없다. 붉은 고기를 다지며 중용과 무소유를 실천하는 것이, 니체를 졸졸 따라다니며 비와이의 음악을 듣는 것이, 올림픽에서 한국을 응원하면서 아이스 큐브의 〈Black Korea〉를 듣고 감탄을 하는 것이, 사탕을 받을 때만 잠깐 공산주의를 옹호하는 것이 대체 뭐가 그리 어렵나. 역설, 모순, 변덕, 위선을 행하는 건 진짜 별것도 아니다.

잡히지 않으려면 동물이되 유체이고 딱딱하되 쥐어지지 않고 만져지되 흘러내려야 한다. 맥거핀 같은 인간인지 체호프의 법칙을 지키는 인간인지 헷갈릴 때 안주머니의 권총은 더욱 위협적이다. 마치 화전양면이다. 마치 슈뢰딩거의 권총이다. 그리고 임계점을 넘어 인격이 군단이 된다면 한 인간은 곧 전천후다.

자부심은 건강한 것이다. 그러나 지나치면 없느니만 못하다. 그런데 자부심과 자기혐오를 동시에 가지면 균형이다. 균형이 확증편향을 막고 아전인수의 수로를 끊는다. 타인에 대한 이해를, 지피지기를 제대로 하려면 아예 그 사람이 되어 보는 것이다. 다중인격자에겐 쉬운 일이다.

어차피 우리는 태어나며 무의식적으로 존경하는 누군가를 흉내내며 자신을 만들어왔다. 이미 훔쳐온 인격이 많다. "시인 페르난두 페소아처럼 120개의 이름에 120개의 인격을 부여하여 시를 내는 것이 경이롭지 않다. 우리는 살면서 120명을 넘게 만나고 알게 되지 않나."[1)]

세포는 시간이 지나면 사라지고 새로운 세포로 바뀐다. 그리고 사람은 세포로 이뤄져 있다. 그렇다면 나는 누구이자 몇 명이고 오늘의 나와 내일의 나는 같은 사람인가. 인격은 정합되었다고 확신하면 질곡에 빠진다. 착한 아이 증후군은 엄마에게 미움받지 않기 위해, 당신이 나를 싫어하게 하지 않기 위해, 아무도 나를 불편해하지 않아야 해서 싫은 것을 싫다고 하지 못하고 하고 싶은 것을 하지 못한다. 착한 아이 증후군은 착한 아이라는 정체성에 갇힌 것과 같다. 착한 아이가 아닐 때 더 편해질 수 있었던 상황에서도 미소지으며 괜찮다고 해야 한다. 그렇지 않은 적이 없어서 착한 아이가 아닐 수 있는 방법을 모르기 때문이다. 정체성은 구조적으로 정신을 점거하기 순조로워서 나약한 인간은 더할 나위 없는 정체성의 숙주다.

어째서 한 사람에게 여러 명의 인격이 있어야 하나. 매일 똑같은 옷을 입고 외출하는 게 그다지 좋아 보이지 않은 것부터 이미 알고 있잖아.

1) 장석주 저, 『예술가와 사물들』 참조

익숙함

당연하다는 듯이 존재하는 그것들은 아이러니하게도 최대치의 중요도에 도달한다. 물, 산소, 태양. 자기들이 없으면 생명이 파멸한다는 것을 모르는지 바보 같을 정도로 아낌없이 떠오르고 맴돈다. 어차피 반복적으로 그 자리에 있을 것을 알기에 이제 생명은 그것들에게 무뎌진다. 익숙해지는 것은 멍청해지는 것이다.

이질감이 드는 그 어떠한 것도 지속되면 당연시되어가고 익숙해진다. 악행마저 시간이 지나면 관심도는 떨어진다. 당사자들마저 서서히 상황에 지배당하여 내가 하고 있는 행동에, 내가 당하고 있는 입장에 취하여 정상적인 것인지 분간할 수 없게 된다. 고등생물인 인간은 연쇄적인 환경에서 가장 멍청하다.

마 천 루

운전

운전이 무서운 이유는 내 실수 한번으로 나 또는 누군가의 일상과 목숨을 잃을 수 있다는 책임감 때문이다. 그래서 도로에 차나 바이크를 끌고 나올 때는 목적지에 도착할 때까지 매 순간 정신을 차려야 한다. 버스나 지하철에서 생각 없이 스마트폰을 보고 있을 때와는 너무 다른 출근길이다. 책임감을 배우려면 차도로 나와야 한다. 운전 실력은 책임감과 비례한다.

새벽

시간은 상대적이다. 절대적인 요소인 줄 알았던 시간이라는 틀 안에서 나의 시간과 당신의 시간은 다르게 흘러간다. 그리고 이 이론은 특히 새벽에 극대화된다.

방황하는 자는 새벽에 머무르는 시간이 잦다. 아침에 일어나 밤에 잠드는 것이 정상적인 경로라면 고찰하기 위해 잠깐 그 노선에서 발을 뗀 이는 새벽을 살아낸다. 세상이 어둡고 조용할 때 혼자 깨어 있는 기분은 징그럽게 고독하다. 벽시계의 초침이 귀지를 긁어낸다. 빛이 가득할 때도 볼 수 없었던 그림자가 튀어나와 구를 만들어 본체를 가둔다. 그 공간 안에서 시간은 섬뜩하게 늘어난다. 칠흑의 바다에서 허우적대다가 운이 좋게 잠이 들어도 다시 눈을 뜨는 여명기는 곧 과도기에 접어들기에 새벽을 주유하는 자는 퇴폐한 나그네다.

새벽은 아름답다. 고요하기에 찬란하고 적막하기에 황홀하다. 쏜살같던 공기가 순식간에 멈춰 심장을 조이는 것마저 쾌감이 느껴지는 이 마약과 같은 구간은 존 케이지의 〈4분 33초〉가

비로소 명곡이 되는 유일한 시간이다.

새벽은 살인을 하기에 적절한 여건을 두루 갖췄다. 시야를 가려주는 안개가 방 안을 가득 채우면 서랍에서 나를 죽이기 위한 칼을 꺼내든다. 기괴한 자세로 서있는 나를 몇 번 찌르고 나면 다음 날 다시 살아 움직여 나를 쳐다본다. 이번에는 총을 꺼내 미간을 관통해도 다음 날에, 그리고 또 다음 날에 괴이한 눈빛을 하고 내 앞에 앉아 있다. 나를 닮은 그 남자는 매일 나를 괴롭혔고 나는 그를 매일 죽인다. 그를 용서하고 안아주기에는 새벽의 속삭임은 세이렌의 노랫소리와 같아서 멈출 수 없다. 이 뇌쇄적인 새벽에 한 번 침수되면 함부로 묘사할 수 없는 애증에 휩싸인다. 나는 이따금 새벽에 나를 죽이러 간다. 그 시체의 냄새는 매일 다르다.

마천루 - 서울

정신이 아직 성숙하지 못한 개체를 청소년이라고 하고, 그 중 일부는 뭔가 바라는 게 있거나 존재의 지향성을 나름 다시 구성하기 위해 일탈을 한다. 그 일탈의 수준은 심각한 편이나 그 수준에 비해 각지에서 어지간히 자주 일어난다. 그걸 가출이라고 한다. 난 그날 학교가 싫었고, 공부가 싫었고, 내가 싫었고, 지금이 싫어서 하교하자마자 급하게 옷가지를 챙겨 서울행 심야버스에 몸을 실었다. 첫 가출이자 보호자가 없는 첫 여행이었다. 4시간이 조금 넘는 시간 내내 이어폰에서는 지드래곤의 〈소년이여〉가 반복 재생되었고, 창밖으로 눈을 고정시킨 채 성공해서 내려오겠다는 다짐을 반복하는 꼴값을 떨었고, 서울 고속버스터미널에서 내리자마자 경기도에 사는 할머니와 삼촌에게 손목을 잡혀 젖내나는 원대한 계획은 무산되어 다음 날 다시 일상으로 귀환했다. 그러나 그날 새벽, 삼촌의 차 안에서 강변을 달리며 TV에서만 봤던 서울의 야경이 동공을 소실점으로 삼아 빨려 들어왔고 그 도가 지나칠 정도로 아름다운 검은 도화지의 하얀 점묘화는 내가 지금 구종하게 서울에서 살아야 하는 가장 큰 이유가 되었다.

수도, 서울특별시, 그리 넓지 않은 면적에 비해 천만에 육박하는 인구가 옹기종기 모여 타 지방에 비해 활발한 수준의 기관과 높고 영롱한 건물들을 이룩했다. 말은 제주도로 보내고 사람은 서울로 보내야 한다는 말이 있는 만큼 꿈나무들의 표준적인 목표들은 서울을 도달점으로 두고 있다. 내가 되고 싶은 사람이 되려면, 차후에 잘 살고 싶다면 서울에 가야 한다. 이 아메리칸 드림의 핵심은 일단 잘사는 사람들이 많이 모여 사는 곳으로 가면 나도 잘살 수 있을 거라는 생각이다. 그저 생각이지 착각은 아니다. 그러니까 사람이 많기에 기회는 많다. 그러나 사람이 많기에 기회를 잃을 수 있다.

때로는 고리를 끊어내기 위해 그것과 얽힌 것들을 변체해야 한다. 이름을 바꾸거나, 들여왔던 물건을 버리거나, 관계를 끊거나, 소속을 이전하거나, 터를 옮긴다. 저주받은 인형을 주웠다가 불행이 생겨 다시 원위치로 돌려놓는 내용의 괴담과 비슷한 심리다. 새롭고 낯선 환경에서의 새 출발, 재시작, 지방에서 날아와 한 손에 캐리어를 들고 발을 디딘 이들에게 서울은 어느 옛날부터 제로 베이스가 되어 주었다. 태어나고 자란 곳에서 내가 어떤 사람이었든 여기선 얼마든지 다른 사람이 될 수 있다. 어린 나를 처참히 토막내놓고 서울로 도망친 나를 아무도 탓할 사람이 없다. 어차피 여기는 나한테 관심을 갖기에는 모두 바쁘다.

야경이 가장 빛을 발하는 구도는 강이 배치되었을 때다. 우유니의 소금사막처럼 지상의 풍경이 데칼코마니처럼 지반에 그대로 비칠 때 비로소 균형미라 부를 수 있다. 그리고 우유니가 아닌 서울일 때, 소금사막이 아닌 한강일 때, 낮이 아닌 밤일 때 그 미적 요소는 신장한다. 서울에서 그 그림을 매일 집에서 감상하고 싶다면 적어도 10억 원은 있어야 한다. 피카소의 작품인 '알제의 여인들'이 약 2,000억 원에 낙찰되었다던데 이에 비하면 상당히 저렴한 편이다. 한강뷰 아파트는 너무너무 저렴하다.

옷과 손목시계, 차와 집과 같은 보유자금을 드러내는 지표나 척도가 되는 재물은 자본이 권력이 되는 체제에서 액세서리 그 이상의 가력을 발휘한다. 강변에 줄지어 빛나는 아방궁에 당도하기 위해, 옥탑방 문을 열자마자 보이는 저 발할라에 다다르기 위해, 창공에 자리 잡아 더 많은 빛을 보기 위해 깃털을 모으는 이카루스들에게 날개의 밀랍이 녹든 말든 그딴 건 나중에 생각할 문제다. 우선 모으고 봐야 한다. 세탁기가 이미 낙후되어 가루세제가 녹지 않아 옷에 그대로 묻어있는 것과 부엌에서 말벌 시체가 발견되는 건 이제 지겨우니까.

호텔, 아파트, 또는 전망대나 언덕처럼 높은 곳에서 야경을 보려면 돈과 체력이 필요해서 대교를 걷는다. 사실 대교나 강변 어디를 걷든 야경의 명소다. 그것이 무자비한 서울의 밤이다. 서울에선 밤이 되어야 더 시야가 트여 밤을 기다린다. 강변을 거닐며 이어폰에서 흐르기에 적절한 음악으로는 후디의 〈한강〉, 트랩 비트를 좋아한다면 더 콰이엇의 〈한강 gang〉이 좋다. 제목이 너무 일차원적이지만 한강의 야경에 이만큼 어울리는 음악이 없다. 어차피 언제까지나 조용필의 〈서울 서울 서울〉이 서울을 상징할 수는 없지 않나. 더불어 폴 블랑코의 〈Winter〉, 선우정아의 〈구애〉를 들으며 걷다 보면 야경과 함께 녹아내린다. 그리고 이 도시엔 플레쳐 교수를 겉으로만 흉내내는 인간들이 많아서 그런지 몰라도, 영화 「위플래쉬」의 OST 5번 트랙인 〈Fletcher's song in the club〉도 좋다.

마 천 루

자퇴

90년대부터 학력중심사회는 끝났다고 떠들어댔다. 그 말을 증명하듯 2000년대에 들어서 중졸, 고졸 이하 학력의 성공한 사람들이 꽤나 적지 않게 세상에 등장했다. 특히 한국에서 저학력의 성공한 사람들, 고졸로 우뚝 선 이들의 출몰은 항상 혁명이었고 언제나 희망이었다. 그들에겐 건설적이고 긍정적인 영향력이 있었고 학생을 포함한 청년층에게는 신선하고 매력적인 지도자가 되어주었다. 대학과 수능이 인생의 전부가 아니며 공부를 못해도 얼마든지 돈을 많이 벌 수 있고 유명해지고 성공할 수 있다는 가르침은 당연히 화학기호와 물리공식보다 흥미롭고 감동적이다. 실제로 대학과 수능이 인생을 결정짓는다는 건 원시적인 발상이다. '중학교를 자퇴한 문제아가 자신의 능력으로 몇 억을 벌어 건물주가 되었다'라는 식의 미디어 뉴스는 슬슬 새롭지가 않으며 학업을 놓고 일찍이 자신의 재능을 찾아가는 어린 아이들이 이제는 신기하지 않다. 순탄한 방향으로 흘러가고 있고 꽃봉오리와 번데기에 산뜻한 생기가 돌고 있다.

좋은 현상이다. 단순히 공부가 하기 싫은 아이들에게 좋은 핑겟거리가 생겨버린 것 빼고는 확실히 좋은 현상이었다.

고등교육등급 이하의 과정에서 자퇴를 선택하는 학생은 세 가지 카테고리로 나뉜다. 첫 번째는 타고난 성격상 발생하는 학교생활의 여러 불편함, 두 번째는 음악이나 외모의 타고난 재능과 가치가 검증되어 연예기획사에 들어가거나, 운동신경의 잠재력을 높게 평가받은 유망주들의 특정 선수촌 단체 입단이 확정되었거나, 뛰어난 미술이나 디자인 감각 혹은 연기력 등등 예체능 분야에서 일찍이 재능이 증명되었거나 거기서 비롯된 내 실력의 경쟁력을 확신한 경우, 그리고 세 번째는 자기도 두 번째 부류에 속할 능력이 있다고 착각한 부류다. 당연히 문제는 세 번째 부류에 속한 청소년들이다. 자기합리화가 악독하게 기능하였기에 세 번째 부류는 자퇴를 선택한다. 이 아이들은 아침에 알람을 듣기 싫고, 공부가 하기 싫고, 선생님이, 수업 시간이, 시험이, 야간자율학습이, 친구들과의 갈등이, 두발규정 등의 구속성이 싫은 것을 두껍고 화려하게 포장하여 나는 나만의 뚜렷한 목표가 있다, 나라는 인간에게는 학교의 방식이 맞지 않으니 내 방식대로 성공하겠다, 나의 길을 개척하겠다 등등 '어린 시절 말썽을 일으키고 중학교를 퇴학당하였지만 성공한 예술가'에 빙의한 듯 가족이나 주변인을 그럴 듯한 언변으로 현혹시킨다. 그리고 자신도 자퇴해야 하는 101가지 이유를 공들여 정돈

해 자신마저 속이기에 이른다. 자퇴해야 하는 사유가 부실하다면 소신은 객기가 된다. 이유 없는 자퇴는 미래에 하등 도움이 되지 않는다.

문화 1, 히어로

영화나 만화에 등장하는 히어로는 언제나 대중에게 범문화적인 감격을 선사한다. 태권브이와 마징가 제트, 슈퍼맨과 배트맨 등등, 그들과 접하는 순간 감화되어 자신의 영웅을 따라하려다 2층 건물 높이에서 떨어져 발목을 다치거나, 나의 영웅 옵티머스 프라임과 너의 영웅 헐크가 싸우면 누가 이길 것인가에 대해 심각한 논쟁을 벌이다가 감정 다툼으로 번지는 것도, 교실 책상을 밟으며 중지와 약지를 모으고 천장을 향해 슉, 슉, 소리를 내며 거미줄을 쏘는 흉내를 내는 것도, 스물다섯이나 먹고서 옥션에서 10만 원을 주고 산 캡틴 아메리카 방패를 왼손에 끼고 화장실 거울을 보며 폼을 잡는 것도 그렇게 우습고 한심한 현상은 아니다. 일상에서 절대로 발생할 수 없는 초인적인 능력을 동경했던 기억은 우리가 성장해가는 과정 일부분에 부드럽지만 명료하게 머물러 가끔 이상을 맴돈다.

#책임감

교훈은 경험에서 얻거나 영화에서 얻는다. 사랑의 힘에 대해, 가족의 힘에 대해, 성장과 딜레마에 대해, 그리고 책임감에 대해.

"큰 힘에는 큰 책임이 따른다." 「스파이더맨」 트릴로지 1의 명대사다. 스파이더맨의 대사이지만 우주 전역에 존재하는 모든 히어로가 통감하고 있는 말일 테다. 왕관에는 무게감이 있고, 얻는 것에는 대가가 있다. 등가 교환에 대해, 책임감의 정의에 대해, 결자해지의 무게감에 대한 에토스에 대해 조기 교육하려면 히어로 영화가 적절하다. 하나만 고르자면 당연히 「스파이더맨」 시리즈다.

#상술

드라마나 영화를 볼 때 나와 주인공의 비슷한 면을 발견하면 감정 이입은 몇 배로 빨라진다. 싸움을 못해서 괴롭힘을 당하는, 좋아하는 여자를 쳐다보기만 하는 보잘것없는, 이 어쩌면 평범한 주인공은 슈퍼 거미에 물려 DNA가 조작되어 신체 능력이 발달해 싸움을 잘하게 되고 거미처럼 벽을 타고 거미줄을 쏘며 뉴욕 건물 사이를 날아다닌다. 그린 고블린, 닥터 옥타비우스, 그리고 아치 에너미 격인 베놈을 상대하고 쓰러뜨리며 성장해가는 스파이더맨은 나의 히어로였다.

더 화려해진 웹 스윙과 빨간 심비오트 파편이 스크린 여기저기에 튀는 장면을 상상하며 스파이더맨과 카니지의 일기토를 기다리고 있던 내게 「캡틴 아메리카: 시빌 워」 예고편에 나타난 뜬금없이 눈꺼풀이 움직이는 스파이더맨 슈트의 등장과 처음부터 다시 시작하는 스토리는 적잖이 거부감과 배신감을 불러일으켰다. 토비 맥과이어가 아니면 피터 파커가 아니라는 보수적인 팬심 때문에 앤드류 가필드의 「어메이징 스파이더맨」을 단 1분도 안 봤던 내게 톰 홀랜드라는 어린 배우는 당연히 더더욱 생소했다. 그래도 나의 영웅이다. 나의 영웅과 팀이 될 다른 영웅들은 어떤 배경과 가치관을 가졌는지, 고독하게 혼자서 수호하는 뉴욕이 아닌 원래 같은 세계관에 있었다는 다른 영웅들과의 조화로 더 넓은 무대에서 활약하는 나의 영웅의 또 다른 매력은 무엇인지 분석을 해야 했고, 이 'MARVEL'의 상술은 개봉했었는지도 몰랐던 8년 전 영화인 존 파브로 감독의 「아이언맨 1」을 다운로드하게 만들었다.

나의 영웅과 너의 영웅이 붙으면 누가 더 센지 논쟁이 끊이지 않는 건 영화사의 소유권, 판권 등 계약적인 문제 때문이 아니고 영웅들이 살고 있는 우주와 세계관이 다르기에 도저히 마주칠 수 있는 기회가 없기 때문이다(히어로 영화를 계속 재밌게 보고 싶으면 동심을 지켜야 한다). 슈퍼맨이 활동하는 지구의 고담시에는 브루스 웨인이 있지만 뉴욕에 토니 스타크라는 군수업자는 없다. 인류를 구하기 위한 인듀어런스 호가 우주를 아무리 떠돈다 한들 루크 스카이워커나 프레데터를 찾을 수 없고, 잭 스패로우의 블랙펄이 호그와트 선착장으로 정착할 일은 없으며, 사이버트론 행성의 큐브가 판도라 행성에 불시착해버려서 오토봇과 메가트론의 전쟁으로 나비족의 거처가 폐허가 될 경우는 없고, 한국으로 딸을 납치해간 범인을 잡기 위해 브라이언 밀스가 협업을 요청하려 경찰청에서 마석도 형사를 찾는다면 그런 형사는 한국에 존재하지 않는다는 회신을 받을 것이다. 한 명의 작가가 폭발시킨 하나의 우주에 다른 작가가 만들어낸 인물은 들어갈 틈이 없다. 이건 저작권의 충돌이 아니라 평행우주에 또 다른 지구가 있다고 보면 된다(동심을 지켜야 한다). 그래서 독자나 관객은 발생할 수 없는 A세계와 B세계의 통합을 상상하며 가상으로 전투씬을 그리거나 분석한다. 가상의 초인들을 위주로 한 영화나 만화를 좋아하는 이들에게 이런 요인 또한 큰 즐길거리와 팬 문화가 되어왔으며 이윽고 다른 정형 안의 인물들이 교집합의 틀에서 마주하던 「어벤져스」의 의도는 어느 정도 텐트 폴이었을 터이나 「에일리언 vs 프레데터」, 「배트맨

vs 슈퍼맨: 저스티스의 시작」, 「저스티스 리그」, 「주먹왕 랄프 2」, 「글래스」, 「레디 플레이어 원」 등을 제치고 「어벤져스: 엔드 게임」에 이르러 크로스오버의 전무후무한 결정이 되었다.

속편을 더 쉽게 이해하기 위해선 전편을 봐야 한다. 시리즈나 시즌제의 상술이다. 마블의 속셈도 마찬가지다. 그래서 마틴 스콜세지가 마블의 영화는 예술성이 없다고 했다. 그러나 이 치밀한 연계성이 마블 시네마틱 유니버스의 예술이다.

「7번방의 선물」이나 「신과 함께」 시리즈를 보고도 울지 않았던 게 자부심인 상남자는 동경하던 영웅이 죽어서 새벽 4시에 합정동의 어느 영화관에서 울고 말았다. 그 상남자는 집에 가는 길에 터벅터벅 걸으며, 결혼을 할 수 있을지는 모르겠지만 결혼식의 신랑 입장곡을 「아이언맨 3」 메인 테마곡이나 AC/DC의 〈Back in black〉으로 해야겠다고 다짐도 해버렸다. 재작년에는 레드 제플린의 〈Immigrant song〉으로 생각해놨었지만 상관없다. 어차피 또 내후년쯤에 마음이 변할 것 같으니까. 뭐가 됐든 일단 지금은 「엔드 게임」의 엔딩 OST인 〈It's been a long, long time〉을 들으며 울어야 한다.

망토를 두르고 2층 높이의 담벼락에서 뛰어내리려는 동경은 대체 언제까지 이어지나. 히어로는 대체 언제까지 이상을 맴도나. 마블은 아직도 10년의 계획이 예정되어 있다. 우리는 서른이 되어서도, 마흔이 되어서도 히어로 영화를 보며 울 수 있게 되었다. 우리는 그들의 상술에 제대로 걸려들었다.

#안티 히어로

현실에서 초인적인 능력으로 평화를 위해 선행을 하는 영웅은 존재하지 않는다. 히어로의 결핍에 대한 극복은 청소년의 영역인 성장 드라마지만 안티 히어로는 "그 결핍마저 오로지 나의 것이라는 회귀적인 태도를 띤다."[1] 굳이 극복하지 않으려 함으로 극복하니 어쩌면 더 어른스럽고 초월적이다. 사실 심약하고 비인간적이고 사악한 캐릭터가 히어로의 능력을 지녔다는 것이 훨씬 드라마틱하다. 어떤 어른들에게는 그들에게 이입을 하는 것이 더 빠를 테다. 마블과 달리 졸작을 나열했던 DC는 간혹 마틴 스콜세지가 얘기했던 그 '영화'라는 것을 만들어낸다. 「아쿠아맨」이나 「다크 나이트」도 수작이되 토드 필립스 감독의 「조커」는 여실히 영화였다. 신체적으로 히어로의 면모를 비교했을 때 그 능력은 같은 반 영웅인 「베놈」이나 「데드풀」에 비할 바도 못 되고 심지어 일반인의 수준에도 못 미치지만 그 서사의 역겨운 색감은 '안티 히어로' 장르의 정점이다. 사실 현실에서 볼 수 없는 영웅은 의미가 없다. 그러나 조커는 현실성이 있다. 현실에서도 충분히 만들어질 수 있다. 지금 같은 혐오의 시대에서는 더욱 그렇다. 얘와 재가 싸우면 누가 이기네 마네 싸우는 것도 조커를 앞에 두고는 의미가 없다. 결핍을 극복하지 않고 그냥 가져버린 자를 이길 방법은 없다.

1) 니체의 '영원회귀' 인용

문화 2, 음악 / 오디션 / 힙합

#이어폰

소음을 공해라고 느낀 적은 없었다. 옆에서 코를 골아도 아침엔 개운했고 앞 사람이 쩝쩝거리며 밥을 먹거나 위층의 아이가 뛰어다녀도 화가 난 적은 없었다. 손톱 깎는 소리, 볼펜을 딸깍거리거나 키보드의 타자소리는 의외로 듣기 좋을 때도 있다. 이쯤 되면 미소포니아는 분명히 아니다. 그러나 남들은 신경도 안 쓰는 것들 중에 시끄러운 것들이 있다. 시끄러워서 정신이 나갈 것 같다. 집 문을 열고 나가는 순간 아침의 적막한 공기가 시끄럽고 핸드폰의 진동이 너무 시끄럽다. 도로의 경적 소리가, 학생들의 웃음소리가, 버스기사의 욕지거리가, 구두의 발굽소리가, 빗소리가, 고양이의 울음이, 오토바이의 엔진이, 바람의 스침이, 바깥의 그 모든 데시벨이 내벽을 할퀴어댄다. 특히 머릿속에서 잡념이 부딪히는 소리는 천지가 개벽하는 것 같아 고막이 터질 것 같다. 귀를 막고 다닐 수는 없다. 그렇다고 고호처럼 귀를 자를 용기는 없고 귀를 자른다고 소리라는 것을 아예 피할 수도 없다. 방법은 하나밖에 없다. 소리를 차단하기 위해 소리를 키우는 것, 음악이 흐르는 이어폰이 소음 폭격으로부터 구원해 줄 쉘터이자 블랙아웃 상황의 야간투시경이 되어줄 거라는 생각이 정확히 들어맞았다고 생각한 그때 이미 음악은 팔짱을 끼고 발걸음을 맞춰주고 있었다.

살이 에일 것 같은 리얼리즘 안에서 음악은 마법이다. 이어폰을 귀에 끼우는 순간 그에 맞게 반전되는 풍경은 매일 신선하다. 같은 곳을 걸어도 이어폰에서 히사이시 조의 피아노 선율이 밀려오면 보이고 스치고 밟히는 것들에게서 미야자키 하야오가 방금 그려 넣은 것 같이 잉크 냄새가 풍기고, 에미넴의 〈Lose yourself〉가 지하철 스크린도어에 비친 후드를 뒤집어쓴 등신을 경리단길 빵집이 아닌 디트로이트 공장에 출근하는 미래의 랩스타로 보이게 하는 그런 일상의 마법 말이다. 영화 「비긴어게인」에서 거리의 계단에 앉아 이어폰을 나눠 끼우며 댄이 그레타에게 한 대사다. "난 이래서 음악이 좋아. 지극히 따분한 일상의 순간까지도 의미를 갖게 되잖아. 이런 평범한 순간도 아름답게 빛나는 진주처럼 변하거든." 그래서 이어폰의 발명은 음악에 있어 출중하다. 전 세계 사람들이 내 숨겨왔던 취향을 알게 되어도 상관없다는 듯이 구름에 투사해버린 대극장용 빔 프로젝터에서 송출되는 은밀한 영화는 사실 나에게만 보인다. 이 마법을 근처 편의점에서 8,000원이면 살 수 있다. 따분하고 질리도록 하얀 백지에 오늘과 그저께, 내일과 모레에 연필의 굵기, 수채화나 유채, 붓의 종류, 색의 계열을 바꿔가며 어떤 난잡한 것들을 그려대도 Ctrl + z를 누르는 것보다 더 빠르게 없던 일이 되니까 눈치 볼 필요 없이 소란한 것들을 가르고 소란을 피워도 된다. 음악은 이어폰과 교차할 때 마법처럼 나에게만 들리니까.

#생필품

생산은 가치가 분명하다. 경제적이고 활기를 띤다. 대개 공업, 농업, 수산업, 요식업, 의류업, 건설업, 공직, 전기 관리, 토목 관리, 운송업, 기타 행정직 등이 세계를 유지하고 발전시킨다. 내놓으면 집는다. 단순한 시장 원리다. 철제 의자를 내놓으면 학교에서 집어가고 재봉틀을 생산하면 수선집에서 집어가고 라면과 고기는 가정집에서 가져간다. 누군가 진열하면 필요한 자가 구매하는 것이 지당하고 실리적인 거래다. 여기서 살아가는 데 딱히 필요 없어도 되는 것들은 기호품이다. 취미엔 필수성이 없어서 사람은 영화 없이 살 수 있고, 낚싯대 없이 살 수 있고, 바이크, 플레이스테이션, 카메라, 조던 농구화, 레고, 테니스 라켓, 음악이 없어도 목숨에 지장은 없다. 그러나 누군가는 살아가는 데에 치명적인 장애를 느껴 기능하지 못하기도 한다. 그저 식량과 번식과 수면을 위해 살아간다는 건 너무 애처롭잖아.

#평론

KBO나 프리미어리그를 보며 선수의 가치를 판단하고 커뮤니티와 스포츠 뉴스 댓글로 토론의 장을 열어 비평하는 것은 대중의 몫이다. 평론은 시장을 움직이고 판매자를 자극시켜 걸작을 유도한다. 요컨대 베토벤의 연주, 피카소의 그림, 하루키의 글, 스필버그의 영화는 보고 듣고 연구하고 평가하는 자가 없다면 가치가 없다는 것이다. 연구와 평가는 예술을 소비하는 태도다. 제작물을 대하는 예의이자 창작자를 경하하는 인사다. 음악과 예술을 즐기는 대중이 평론가가 되어 가치 있는 작품을 가치 있게 감정할 때 세대의 거장은 이어진다.

#차트

작사가, 싱어, 프로듀서를 가릴 것 없이 음악과 얽혀 종사하는 음악인들에게 차트에 곡을 올려 이름을 알리는 것이 그들의 공통된 목표라는 것은 부정할 수 없다. 덜 알려진 이름만큼 덜 듣고 더 알려진 이름만큼 더 들으니까. 빌보드와 멜론의 Top100, 갈채와 선망이 쏟아지는 레드카펫이자 운명이 전환되는 왕좌는 잠깐만 걷고 이탈하더라도, 잠깐만 쓰고 내려놓더라도 처신에 따라 영원한 추종자가 생기는 곳이라서 차트 순위권에 한번이라도 나의 음악이 기록되는 것은 대부분의 음악인들이 인생에서 이뤄야 할 차트 중 최상위권에 작성되어 있다. 더 많은 사람들이 들을 수 있는 음악, 더 대중적이고 덜 난해한 것, 이해하기 쉬운 음악과 단조로운 변주, 일단 차트에 올라가야 그 다음엔 내가 추구하던 음악을 더 많은 사람들에게 들려줄 기회가 생긴다. 그러나 대중들에겐 차트 순위가 높으니 좋은 음악일 거라고 착각하게 만들 수 있는 기회 또한 생긴다.

차트의 영향력이 여론과 군중을 움직인다는 것에만 초점을 맞춰 악용하여 음원 사재기에 손을 대기도 한다. 논란이 발생하더라도 이름을 알릴 수는 있다. 어쨌든 눈에 잘 띄고, 어쨌든 Top10, Top50, Top100 자동재생을 클릭하면 한 번이라도 누군가의 귀에는 들어갈 거니깐 순위권의 이익성이 가져다주는 부가적 가치는 물리고 물려 어떤 곡도 좋은 음악으로 재창조된다. 다이나믹 듀오의 개코는 〈119 remix〉라는 곡에서 과정이 아니라 결과만 따지니 예술가들이 비트코인 투자자가 되어버렸다고 표현한다. 취향의 부재, 가장 취향에 근접해야 할 예술을 도표가 잠식했고 음악의 정체성이 애매해질 위험에 도래했다. 차트는 그저 참고사항이다. 취향을 온전히 차트에게 맡기지 않아야 한다. 그렇지 않으면 어떤 음악가는 당신을 위한 음악을 만들다 지쳐 신시사이저를 중고거래 사이트를 이용해 헐값에 팔아넘길지도 모른다. 또한, 좋아하는 가수라고 해서 듣지도 않고 스트리밍만 반복하면 그건 그 가수를 망치는 일이다. 대중가수가 아닌 아티스트가, 아이돌이 아닌 언더그라운드 음악가가 차트에 올라간 것을 못마땅해 할 필요도 없다. 목소리를 낼 줄 안다면 차트에 올라갈 자격이 있다. 음원 사재기는, 좋아하는 음악이 아닌 좋아하는 가수에 대한 무분별한 스트리밍은, 좋은 음악을 Top100에서만 찾는 것은, 나만 알던 가수가 차트에 보이기 시작한 것을 섭섭해 하는 것은, 취향을 차트에 전부 맡기는 것은 음악 시장을 멸망시킨다.

#오디션

유명한 가수가 되는 방법은 간단하다. 기획사에서 오디션을 보고 실력을 검증받은 다음 폭포수 아래에서 각혈을 이끌어내는 심정으로 연습량을 쌓고는 음반을 내고 대중에게 인정받는다. 단순하되, 단순하여 좁은 길이다. 몇 년 전까지는 그랬다. 그러니까 2009년 말, 순박한 눈빛을 한 일반인이 오디션 프로그램에서 우승하는 순간을 전 국민의 10%가 지켜보던 그때 까지는 말이다.

어떻게 하면 더 많은 원석을 발굴할 수 있나, 어떻게 하면 어느 바위틈에 버려둔 진주가 있는지 쉽게 찾아낼 수 있을까, 어떻게 하면 불규칙하고 뒤섞인 멜로디 속에서 너만의 목소리를 잡아챌 수 있는 건가. 들어야 하는 자와 들려줘야 하는 자는 그 옛날 중국과 로마가 서로에게 닿으려 하듯 실크로드를 개척하려 했고 그것은 곧 오디션 프로그램이었다. 그리고 그것은 공중파로 한정된 아이비리그를 확장했다.

확실히 「슈퍼스타K」가 시발점이었다. 방금 언급했던 순박한 눈빛의 경상도 청년은 모두가 알다시피 서인국이고 그는 지금 임창정과 같은 만능 엔터테이너로 승승장구 중이다. 심지어 그 다음 시즌의 그 당시 케이블 사상 최고 시청률을 기록하는 동시에 생계가 어려워 환풍기(덕트)를 수리하던 허각의 이야기는 마치 폴 포츠를 연상하게 한다. 또 그 다음 해에는 위암 4기 환자가 현역 비보이보다 더 현란한 춤을 선보이며 우승을 했다. 영화 시나리오로 제출해도 이게 말이 되냐며 퇴짜맞을 이야기들이 해를 거듭하며 쏟아졌고 프로그램 제작에 감이 없는 프로듀서라도 「슈퍼스타K」의 취지를 오마주하여 비슷한 것을 만들지 않으면 안 될 것 같았다. 음악평론가 강헌의 책 제목을 잠깐 인용하자면 「슈퍼스타K」는 확실히 음악계에 있어 『전복과 반전의 순간』이었다.

오디션 프로그램은 서바이벌이다. 최대한 길게 대중의 관심과 사랑을 유지하는 참가자가 상금을 받고 데뷔를 한다. 대학가요제의 취지와 「아메리칸 아이돌」 포맷의 결합은 확실히 재미있고 관심을 끌 만한 요소만 남는다. 그러나 서바이벌이되, 우승을 하지 못하더라도 스타성이 있다면 우승을 한 것과 다를 바 없기도 해서 내가 응원하는 그와 그녀를 마음놓고 후원할 수 있다.

주머니의 못은 함부로 어설프게 만졌다가 찔린다. 서바이벌 형식은 낭중지추의 기를 가진 못을 아주 쉽고 빠르게 찾을 금속탐지기와 같다. 덕분에 가요계는 예전보다는 더 다양한 프로모션으로 반짝인다. 「TOP 밴드」에서 장미여관을, 「K팝스타」에서 악동뮤지션을, 「프로듀스 101」은 김완선, 엄정화, 이효리, 손담비에서 멈췄던 솔로 퀸의 계보를 청하를 통해 다시 잇게 만들었고, 오디션 프로그램은 아니지만 「나는 가수다」가 교복 주머니에 남진의 〈빈잔〉으로 채워지게 만들었다. 이어서 「댄싱9」은 댄서를, 「미스트롯」은 트로트를, 장르가 다양해지면 집을 것도 많아진다. 그래서 아직은 냉정한 서바이벌 프로그램의 양산을 단호하게 막을 이유는 없다.

그러다 심지어 어떤 오디션 프로그램은 인물이 아닌, 재즈나 메탈과 같이 비주류였던 어떤 한 장르 자체를 초부흥기로 이끌어내기에 이르렀다.

#Show me the money

사이가 틀어지다 못해 총을 맞기도 한다. 역사상 가장 위대한 힙합 아티스트 투팍과 비기의 이야기다(아직도 범인은 확실하지 않다). 힙합은 그런 이미지고 그런 장르다. 거칠고 충동적이다 못해 야만스럽기도 하다. 모두가 좋아할 만한 풍속일 리 없다. 마약과 섹스, 술과 폭력이라니. 유교에 원론을 이끌려온 반도의 민족에겐 말도 안 되게 불온하여 비현실적이기까지 한 문화, 힙합은 그래서 꽤 오랫동안 우리와 데면데면했다.

음악을 업으로 삼으려는 것, 음악으로 돈을 벌어 보겠다는 다짐, 좋아하는 누나에게 잘 보이려고 용돈을 모아 통기타를 산 소년처럼 악기를 쥐거나 노래하는 악기가 되려는 것은 목적이 뚜렷하다. 성공하는 것, 성공한 뮤지션이 되려면 당연히 더 많은 리스너에게 노출되어야 하고, 그렇다는 것은 대중음악, 대중적인 장르, 무사히 차트에 안착할 만한 주된 리듬과 형식, 이와 다르게 안정적이지 않은 것은 성공하지 못할 확률이 낮고 정류하지 않은 물결에 몸을 적셔 보려는 것은 어리석고 미련할 수 있다. 그런데 2000년대 초반, 관객이 열 명 남짓인 각지의 그 어두운 지하 클럽에서 음질 낮은 마이크에 침을 튀기던 그들은 대체 어떤 심정으로 포효하듯 글을 뱉고 있는 건가.

언더그라운드, 그들만의 문화, 인디 특유의 마이너한 분위기가 다소 껄끄러웠던 그 당시의 무심한 시선에도 랩과 힙합에 확신을 가진 이들은 계속해서 무대의 규모에 개의치 않는다는 듯 계단을 올랐다. 지금도 씬의 정상을 차지하고 유지하는 대세들은 그때부터 언젠가 이 서브컬처가 음악계를 장악한다는 것을 예견했다는 듯, 무조건 확신한다는 듯 발 빠르게 움직였다. 그들은 몇 년을 지속해서 공연을 하고 음반을 만들고 사운드클라우드와 커뮤니티 사이트에 이름을 걸고 음원을 업로드하며 이미 알 만한 사람들은 알 만한 이들끼리 모여 벽돌을 쌓았고 이 작은 성은 어느새 안시성에 걸맞은 기개를 풍겼다. 그리고 이 견고하지만 작은 성을 하나의 국가로 만들어버린 티핑 포인트, 누군가는 안타깝게 생각하더라도 역력히 「쇼 미 더 머니」는 그 선봉에 있었다.

힙합은 정직해야 해. 편법은 힙합이 아니야. 그러나 이용할 수 있는 수단이 바로 저기에 선명하게 보이는데도 이용하지 않는다면 그것은 소신인가, 낭비인가. 「쇼 미 더 머니」의 출현은 많은 현직 래퍼들에게 딜레마를 안겼다. 실력이 있다면 더 빨리 인정받을 수 있는 길이 개척되었는데 무언가 꺼림칙하다. 어떤 것 때문일까. 아마도 대중에게 이렇게 자극적인 것만이 힙합이라는 인식을 심을 수도 있다는 걱정과, 래퍼로써 성공할 수 있는 길이 「쇼 미 더 머니」라는 경로로 단일화되는 것에 대한 우려 때문일 테다. 스윙스를 포함한 누군가는 처음부터 기회로 여겨 수혜를 쟁취했고, 허클베리 피를 포함한 누군가는 보이콧을 하다가 존중을 했고, 사이먼 도미닉을 포함한 누군가는 그 프로그램에 참여하지 않겠다고 공언했으나 고집을 꺾고 다시 생각이 바뀐 걸 인정하고 출연하는 누구나 쉽게 낼 수 없는 용기를 보여주기도 했고, 다이나믹 듀오의 최자는 〈6 cypher〉라는 곡에서 독이 든 성배 앞에서 6년을 주저했지만 이제라도 한 번 마셔 보겠다고 표현했다. 이처럼 씬에 미친 「쇼 미 더 머니」의 파급력은 혼돈 속에서 가이아가 개벽하듯 또 다른 세상을 창조했고 아티스트와 팬은 저마다의 방식으로, 너무나 제각각인 신조를 앞세워 이 문화에 살을 붙였다. 「쇼 미 더 머니」는 아직도 힙합에게 나쁜 현상이 아니다. 이 문화를 대하는 그 어떤 태도든 비난부터 할 이유는 없다. TV에 기웃거리는 예술가가 무작정 욕부터 먹을 이유도 없다. 어떤 태도로 임하든 증명해 버리면 되는 것이기에.

#또 하나의 기점

예술은 배고프다. 예술가는 가난하다. 붓과 악기는 돈이 되지 않는다. 특히 힙합이 그랬다. 그러나 지금은 부흥이다. 그렇다면 그 밴드왜건 효과의 기점은 어느 순간인가.

미디어에 비춰지는 예술가가 인기와 좋은 이미지를 챙기려면 선행과 기부, 잘 생기고 예쁘지만 소탈하며, 화려하고 남다른 사생활은 뒤로 숨겨 나도 당신들과 다를 게 없다는 듯 친숙함을 어필해야 한다. 안정적이기에 여태껏 그래왔다.

검은 후드 위 조화롭게 안착한 금목걸이와 금시계, 벤츠와 롤스로이스, 그래서 160㎝가 안 되는 키 따위는 조금도 눈에 띄지 않았다. 「쇼 미 더 머니」 시즌 3을 기준으로 이 남자는 자기가 얼마를 버는지 '자랑'했다. 돈을 되게 잘 번다는 것을 들키면 밉보이기 쉬운 이곳에서 그는 스스로 이룩한 부를 과시하는 데

거리낌이 없었다. 대중이 힙합에 관심을 표한 것은 그때부터다. 충격이었겠지. 재즈, 보사노바, 통기타와 더불어 힙합 또한 돈이 안 되는 줄 알고 있었으니까. 그러나 이 남자는 자기가 힙합으로 "스물한 살에 1억, 스물두 살에 2억, 스물셋에 5억, 스물다섯에 10억을 번다"[1]고 가사에 써냈다. 애니메이션 「원피스」에서 내 보물을 세상 어딘가에 숨겨놨으니 찾아보라는 해적왕의 유언에 따라 대해적의 시대가 열리듯 그의 뒷모습을 지켜보던 많은 추종자들이 키보드와 펜을 쥔 손에 좀 더 확신을 가지고 힘을 들이기 시작했다. 세상에나, 힙합은 사실 돈이 된다. 그것도 아주 많이. 한국 힙합의 인식은 분명히 그때부터 달라졌다.

1) 도끼 〈111%〉 가사 인용

#disrespect

생각을 글로 표출한다. 은유하고 도치하며, 때론 직설적으로, 때론 설의하고, 때론 반복한다. 글은 언제나 주관적이다. 하고 싶은 말을 한다. 하고 싶은 말을 하면 때론 저항을 유발하지만 그래도 한다. 그들은 이제 힙합을 한다. 헤르만 헤세의 『데미안』에는 음악은 별로 도덕적인 것이 아니기에 음악이 좋다고 표현한 문장이 있다. 힙합에 가장 어울리는 문장이다. 그래서 힙합은 길티 플레져다. 그들이 쓴 글을 읽는 것은 너무 재밌다.

음악은 사랑을 울부짖어야 제맛이다. 떠나간 여인을 그리워해야 하고, 너를 잃은 슬픔의 눈물로 내 술잔을 채워야 한다. 이제 막 사랑을 시작한 연인에 대해, 너만 있으면 달달해지는 내 일상이, 운명적으로 이뤄질 수 없는 당신과 나의 처절한 이야기는 상품성이 높다. 순조롭게 팔린다. 거부감을 일으키는 가사가 없어서 안정적이기 때문이다. 그렇다면 거부감을 일으키는 가사에는 어떤 것이 있나. 난 오로지 스스로 번 돈으로 매일 여행 다니며 최고급 호텔만 예약해서, 나는 5억 고급 세단을 모는데 옆에 앉은 여자는 가슴이 커서, 나는 현 정권에 의한 이번 사태가 맘에 안 들어서, 나랑 얼마 전에 만난 그 가짜 래퍼는 나가 죽어야 해서, 건방진 너의 뺨을 돈뭉치로 찰싹찰싹 때려야 해서 불호의 속성이 충분하다. 마땅히 하고 싶은 말을 정형에 구애받지 않고 자유롭게 표출한다. 힙합의 종 특이성은 마치 누벨바그다.

가장 거부감이 들 만한 힙합의 가사와 문화는 아마도 디스다. 디스는 respect(존경) + dis(부정형 접두사) = disrespect의 준말이다. 디스할 대상을 비난하며 깎아내리고 맞은 쪽은 받아친다. 몰입도가 높을 수밖에 없는 건 지극히 사적이고 주관적인 사실을 기반으로 꾸려가니 창조자가 만들어낸 캐릭터가 아닌 창조자 본인이 플레이어가 되어 필드로 나오기 때문이다. 메이웨더와 파퀴아오의 웰터급 통합 타이틀전을 TV 앞에서 치킨을 뜯으며 관람하는 것도 재밌지만 길거리에서 행인 2명이 치고받고 싸우는 것을 직접 보는 것도 흥미로운 것과 비스름한 맥락이다. 그러나 과한 현실성은 종종 착각을 일으킨다. 말 나온 김에 메이웨더가 파퀴아오를 이겼다고 치자. 파퀴아오도 졌지만 잘 싸웠고 아쉬운 부분은 다음에 더 좋은 경기로 보답하길 바라는 것이 스포츠를 대하는 팬의 올바른 태도다. 그러나 파퀴아오가 졌으니 그는 인격적으로 질이 낮고 행실이 나쁠 것이다, 다시 링 위에 오를 생각을 하면 사람이 아니다, 졌으니 윤리적으로 문제가 있고 메이웨더는 정의롭다, 그러니까 파퀴아오의 신상을 털어 보자, 좀 더 추잡하고 더러운 과거가 숨겨져 있을 거라는 식의 태도가 디스전을 대하는 대중의 태도다. 디스전은 주먹과 발이 아닌 언어로 하는 시합이다. 그저 수단이 달라졌을 뿐인데 현실성을 조금 첨가했다고 대부분의 대중은 과몰입을 한다.

원초적으로 토론이라는 것은 누구 말이 맞는가에 바탕을 둔다. 사회자를 둔다는 것은 토론 자체가 대립성을 띠기에 분쟁으로 번질 가능성을 염두에 둔 것이다. 그러니까 토론은 원론적으로 싸움이다. 내 생각이 올바르다는 것을 증명하기 위해 쇠파이프를 휘두를 수는 없으니 격식을 덧입힌 것이 토론이다. 그리고 디스전은 원색적이고 교양이 없는 과격한 정감의 토론이다. 토론에서 졌다고 해서 패진의 인의가 형편없는 것이 아니지 않나. 그러나 이 디스 문화를 완전히 이해하지 못한 대중은 설득력의 간소한 차이로 밀려난 곳을 향해 손가락질을 아낌없이 퍼붓고는 뱉었던 의견들을 취합한 사상을 인주로 만들어 낙인을 찍는다. 그저 심판이 그 사람의 손을 들어주지 못했을 뿐인데, 그저 참신한 단어와 신선한 플로우 부문에서 조금 밀렸을 뿐인데 생매장을 속행하려는 속내는 씬의 질서를 위함이 맞는 건가. 그들은 래퍼이지 검투사가 아니다. 영화 「스트레이트 아웃 오브 컴턴」은 전설적인 힙합 그룹 N.W.A의 전기를 다룬다. 아이스 큐브가 〈No vaseline〉이라는 N.W.A를 향한 디스곡에서 유대인을 언급하자 화가 난 프로듀서 제리는 미국 유대인 권익단체에 연락하려 했고 함께 디스를 당한 이지-이는 그를 말리며 말한다. "걔는 반유대주의 같은 거 몰라요. 이건 그냥 랩 배틀일 뿐이에요."

#장르

믹스테이프, 커뮤니티 사이트, 사운드클라우드가 주된 경로였으며 정석적으로 회사를 통한 음원 업로드는 사치였다. 힙합으로 한정된 시스템의 불안정 때문이긴 하나 그것은 오히려 마니아층의 결속력을 더욱 탄탄하게 만들기도 했다. 일명 언더그라운드 문화 말이다. 30명을 채우기도 빠듯한 지하 클럽에서 상암 월드컵경기장과 잠실의 올림픽홀을 가득 채울 때까지 PC 통신, 프리스타일 랩 배틀, 크루와 회사 결성 등의 움직임이 모여 윤곽선이 슬슬 뚜렷해지며 '딩고 프리스타일'을 포함한 유튜브 채널과 「쇼 미 더 머니」를 포함한 힙합 프로그램에 힘입어 불안정했던 문화는 개척되어 성대한 인프라가 되었다. 대중에게 대차게 외면받던 장르는 이제 웬만하면 차트인을 하게 되었고 1위를 하더라도 낯설지 않은 시대에 도래했다. 각 체크포인트에서 코어까지 긴 시간 꾸준히 깃발을 꽂아왔기에 가능한 문화적 개혁을 한국 힙합은 이뤄냈다.

초등학교 5학년 층과 6학년 층 사이의 계단에서 SG워너비와 버즈를 흥얼거리는 꼬맹이들이 있을 때도, 소녀시대와 발라드가 mp3 플레이어에 가득 담겼을 때도, 슈프림 팀의 〈땡땡땡〉, 다이나믹 듀오의 〈고백〉, 아웃사이더의 〈외톨이〉가 아닌 랩이 들리면 누군지 몰랐던 때에도, 지금은 발매하기만 하면 차트인을 보장받는 자이언티가 겨우 100위 그 언저리쯤에서 돌아다닐 때에도 서구의 힙합 문화에 매료된 자들은 바지를 조금 내리고 랩을 뱉으며 길을 걸었다. 그 착오적인 행위는 노스트라다무스의 작두가 아니라 단지 그 장르에 순수하고 사정없이 빠져버린 것이다. 2010년대 한국에 힙합의 시대가 열린 것은 그때 껄렁껄렁하게 횡단보도를 건넌 그들 덕분이다. 지미 헨드릭스처럼 연주하려 기타를 들 때에도, 스틸 하트의 밀젠코 마티예비치처럼 고음을 내려 성대를 혹사시킬 때에도 라임을 쓰고 본토의 랩을 공부하고 샘플링을 하는 자들이 있었다. 이 장르의 전성기는 종유석처럼 만들어졌다.

음악은 시대에 민감하다. 그래서 진보에 용이할 줄 알았으나 시대에 대한 감수성이 발전을 방해하기도 한다. 레트로, 리바이벌이 유행하기도 하고 로파이에 이끌려 스트리밍 시대에 굳이 LP판과 축음기를 찾아다니는 이유는 그만큼의 수요가 있기에 공급자가 있는 것이고 이 역시 음악은 시대를 반영한다는 것의 대목이다. 그래, 시대에 대한 감수성은 내가 문화를 즐기던 시대를 그리워하고, 세월이 흘러도 촌스러운 음악은 개무하며, 그때의 가사와 그때의 드라마가 훨씬 수준이 높다고 생각할 수 있다. 그러나 이것은 이제 막 음악을 접하려는 새로운 세대를 무시하는 생각이다. “호소력의 농도와 진솔한 가사를 너희 Z세대는 절대 느낄 수 없고 드라마는 「여명의 눈동자」와 「모래시계」 이후로 쇠락하고 있으니 90년대는 문화의 르네상스다." 이러한 팬의 관념이 고착화되고 내가 듣던 시대를 고집하면 포스트를 배태할 가능성이 사라진다. 지금도 새로운 음악이 만들어지고 있다.

미래식량이 곤충이라더라. 자원은 유한하고 인구는 늘어나니 세계적인 보릿고개가 닥칠 가능성이 있다던데 그때 곤충을 먹으면 된다고 한다. 그리고 장르라는 틀은 꽤 보수적이다. 발라드는 잔잔해야 하고 록은 포효하는 에너지를 뿜어야 한다. 댄스는 신나야 하고 R&B는 소울풀해야 한다. 장르의 틀은 한계가 있으니 영원히 침체기가 오지 않는다는 보장이 없다. 그렇다면 힙합은 곤충이다.

루이 암스트롱이 트럼펫만 연주했다면 지금만큼 유명한 뮤지션은 아니었을지도 모른다. 그는 노래를 했다. 가래가 끓는 듯한 목소리는 독창적인 매력으로 업적이 되었다. 가지고 있는 재능이 있다면 드러내야 한다. 이건 변화에 관한 얘기이자 또 다른 창조에 대한 것이다. 피아니스트는 피아노만, 기타리스트는 기타만, 바이올리니스트는 바이올린만 다뤄야 하고 창법은 기존의 것을 유지하며 장르의 기원, 유래, 추구해왔던 방향성과 정통만을 고수해야 한다면 예술가 개개인의 발전성은 분해되고 더 나아가서 예술적 표현의 폭 자체가 어떤 영화나 게임에 한번씩 등장할 법한 벽과 벽 사이가 점점 좁아져 탈출해야하는 방처럼 압축된다. 요는 할 수 있는 게 있으면 해야 한다는 것이다.

병합하거나, 영향을 받거나, 탈피하거나, 재탄생하는 과정이 포개고 포개지는 현상이 예술의 극적인 진보를 이끌어낸다. "다섯 살 때부터 피아노를 치던 영재와 바이올린 천재는 이제 랩을 하고"[1], "붐뱁의 대가는 박자가 아닌 재즈 선율을 타고 등장해 노래를 하기도 한다."[2] 사실 뭘 하든 상관없다. "어차피 그들은 래퍼도 아니고 기타리스트도 아니다. 그들이 하는 건 그냥 음악이다."[3] 마침내 멀티플레이어가 낯설지 않은 시대다.

약 6년 전에 래퍼 빌 스택스(a.k.a 바스코)의 「쇼 미 더 머니」 경연에서 그의 무대가 랩이 아닌 락의 향이 너무 짙어 논란이 되자 그가 한 말이다. "내가 락을 하든 판소리를 하든 내가 하면 힙합"이라고. 아직도 그 때의 무대가 힙합이 아니라고 생각하는 자들은 지금 고개를 들어 애쉬 아일랜드를 보라. 이제 레게 아티스트와 래퍼의 목소리가 자연스럽게 섞이고 랩에 멜로디를 섞은 '싱잉 랩'이 전혀 어색하지 않다. 아마도 그는 예전부터 힙합은 장르의 공존이 가능하다고 생각했었던 것 같다. 다른 장르 간의 공존, 공존은 자유라는 셔츠의 단추다. 어떤 방식도 수용하는 이 장르는 자유주의자들의 거리에서 예쁨을 받는다. 다양성을 존중하여 대중성이 따라오니 이 장르의 전성기가 오지 않을 이유는 없었다.

1) 창모, 릴러말즈
2) 나플라
3) 한요한 〈300㎞〉 가사 인용

#반항

어쨌든 본질은 반항이다. 부당함에 대한 도전과 무너진 정의를 바로잡기 위한 혁명의 연설은 공연장에서도 가능하다. N.W.A의 〈Fuck the police〉는 기본적으로 흑색인종의 인권을 무시하는 경찰을 저격한다. 심지어 다시는 무대에서 〈Fuck the police〉를 부르지 말라는 경찰의 경고를 듣고도 어쩌라는 듯이 강행한다. 정신의 유래를 따지자면 이런 억압을 벗어나려는 사건들의 일련이다. 이러한 대표적인 사건들의 점철은 반항의 아우라를 풍겨댔고 장르의 한계와 심의의 기준에 도전하는 트리거가 되었다. 문화에 있어 힙합은 예술적 표현의 확장을 위한 집회처럼 작용한다. 표현의 자유에 대한 갈망, 규제는 곧 구속이고 이것은 힙합 정신에 의해 느슨해졌다. 아나키스트, 레지스탕스, 모더니스트는 사회가 구성된다면 어디선가 나타난다. 이들의 반항적 성향이 매 시대에 꿈틀거리니 이제야 힙합이 부흥할 수 있었다.

#오디션과 음악의 기적

궁정, 기적, 서서히 유치하고 진부한 단어가 되어왔다. 이 추악한 생계에서 긍정적으로 생각하는 것과 기적이 있다고 믿으며 사는 것은 소용없다고 판단해왔다. 그리고는 이런 비관론자와 염세주의자들에게 이미 긍정과 기적의 가치와 에너지를 내보였던 인물들이 있었다는 것도 빈번하게 망각한다.

"항암치료로 인해서…"

2011년 「슈퍼스타K」의 공개 오디션 현장에서 누구보다 화려한 비보잉을 선보였던 참가자는 원래 머리가 짧은 스타일이냐는 심사위원의 질문에 믿기지 않는 답변을 내놓았다. 그 정도로 말이 안 되는 상황에 조작과 감성팔이라는 의혹까지 생겼으나 빈틈없는 무대 장악력은 그가 중환자라는 것을 모르는 사람들이 봐도 현란하고 완성적이었다. 그는 마지막까지 억지스런 곡해가 섞인 악성 댓글을 그 고통스런 몸으로 감내해가며 긍정과 기적의 힘을 전력을 다해 파급했고 결국 위암 4기 환자는 200만 명을 제치고 팀과 함께 우승을 했다. 그룹 울랄라 세션의 단장인 故 임윤택은 그렇게 어느 뮤지션보다 음악으로 짙은 영향을 전했던 전설이 되었고 그가 가진 긍정은 기적에 힘입어 전율이 되었다.

간혹 독보적인 방식으로 기적을 계승하는 위인들이 있다. 그들은 뜬금없이 나타나서 고착화된 물결을 헤집고 뒤통수를 때리고는 사라진다. 그런 말도 안 되게 절망적인 상황에서도 기적적으로 긍정적인 사람들이 아직 세상에 있다. 쉽게 절망에 당면할 수 있게 구성된 이곳에서 이런 사람들은 멸종 위기에 처한 희귀종이다. 그들이 완전히 사라지기 전에, 그들이 희망은 사실 무의미한 것이 아니었을까 의심해버리기 전에 긍정과 기적은 상통하기에 존재하는 단어라는 것을 계속해서 증명해야 한다. 그들이 끝내 맥빠지기 전에.

#수혜자

영화 「쏘우」의 트랩 중에 '칼날 상자'는 상자 안의 해독주사기를 꺼내기 위해 손을 넣어야 하는 구조로 되어 있다. 구멍에 손을 넣는 것은 쉬우나 다시 뺄 때는 넣을 때 들어올렸던 칼날이 다시 닫히며 피부를 파고든다. 노래가 하고 싶어서, 아이돌이 되고 싶어서, 음악을 업으로 삼으려 상자 안의 마이크를 잡으려 했으나 그걸 빼려면 피를 흘려야 한다. 죽을 수도 있다. 오디션은 피를 흘리는 과정이다. 팔뚝이 찢기든 말든 상자 안의 마이크를 과감히 뽑아내는 담력과 근성은 곧 끼와 스타성을 판별하는 과정이 된다.

「프로듀스 101」이라는 아이돌 오디션 프로그램을 기획했던 PD가 순위 조작으로 구속되었다. 그는 어린 연습생들의 간절한 꿈을 이용해 사사로운 이득을 취했다. 이 죄질의 악랄한 골자는 수많은 연습생이 팔이 찢길 각오로 상자에 손을 넣었으나 실은 아무것도 없었다는 막대한 허탈감을 안긴 것이다. 구성원에게 조금이라도 더 도움이 될 만한 인재를 찾기 위해 면접이나 오디션을 기획했다고 해서 그들을 도구로 전락시켜도 되는 것은 아니다. 기획자는 찾으면 되고, 참가자는 눈에 띄면 그만이다. 그리고 순수한 진가와 잠재력이 그 잣대가 되어야 한다. 친분을 이용하거나 유흥업소 접대 같은 후안무치한 사회생활 같은 것들은 반드시 아니어야 한다. 오디션의 최대 수혜자는 실력자여야 하고 이건 태초부터 당연한 사실이다.

#행보

오디션 프로그램의 폐단을 느끼고 그로부터 생성된 소신을 독자적인 디스코그래피로 꾸준히 표출하는 뮤지션들이 있다. 그들이 실천하는 예술가로서의 태도는 오직 예술가들이 가질 수 있는 또 하나의 행보 같은 것이다. 오디션 프로그램이라는 훌륭한 수단을 이용하지 않으면 낭비가 될 것이라는 입장이 있다면 그에 반하는 방향성도 여지없는 소신이다. 내가 좋아하는 아티스트가 더 많은 방법을 이용해서 더 다양한 작업물을 내줬으면 좋겠다고 재촉할 필요는 없다. 그들에게도 계획이 있다.

#음악의 작용

말 한마디로 천 냥 빚을 갚는다면 말 한마디는 천 냥 빚을 갚게 해주는 작용제가 된다. 실로 엄청난 영향이다. 그리고 이 현상들은 엄청나지만 꽤 자주 일어난다. 작용제를 제조하는 음악가들은 우리에게 한 달 월급보다 비싼 전자기타를 사게 만들고, 예비 기계공학자의 책상에 부모님 몰래 라임 노트를 꽂아 넣게 하고, 이번에 새로 나온 음반에 대한 회담장에는 몇 만의 방구석 평론가가 댓글을 달고, 나의 인생과 같은 가수를 직접 만나기 위해 많은 돈을 쓰고는 고속버스에 몸을 싣기도 하며, 삶에 희망이 없는 그때 영화처럼 들리는 클래식은 참회와 통한의 눈물과 함께 의지를 재구성하게 한다. 그리고 고작 15살에 빅뱅과 같이 일할 거라며 가출했다가 터미널에서 친척에게 잡힌 울산 촌놈을, 헤이즈의 〈Jenga〉, DPR CREAM의 〈Color drive〉, 다비의 〈Jamie cullum〉 등의 재지한 피아노 브릿지에 현혹되어 나도 이거 쳐 보겠다며 30만 원짜리 전자 피아노를 주문하고 낑낑대며 옥탑방으로 끌고 올라와서는 건반을 먼지로 토핑한 등신도 만들어낸다.

음악은 취미와 운명 사이에 붙어 산다. 듣는 건 자유지만 무엇을 선택하든 듣는 자의 몫이니 책임의 소재도 역시나 듣는 자에게 있다. 이것이 음악의 위협적인 작용이다. 음악은 춤을 추게 한다. 또는 춤을 추려고 음악을 튼다. 뭐가 먼저인지는 상관없다. 음악을 틀면 춤을 추면 되고 춤을 추고 싶다면 음악을 요청하면 된다. 음악에 반응하는 어떤 행위든 춤이 되니까 어떤 음악을 틀든 어떤 춤을 추든 상관없다. 하나의 작용력에 곧이곧대로 반응하는 것은 음악적이지 않다. 음악을 듣고 새벽에 눈물을 흘리든, 박자에 맞춰 걸음을 걷든, 누가 누구보다 가창력이 뛰어나네 마네 싸워대든 간에 우리는 음악에 의해 작용한다. 그리고 그것이 우리를 위해 음악을 만들어준 사람들을 위한 예의와 찬사의 춤이다.

담배

일상의 잦고 작은 의식, 인류의 전통적이고 고유한 축복이자 저주, 공중과 지면에 흩날리는 강박의 조각, 아름답고 어리석은 불씨와 연기의 탱고는 3분간 황홀하고 3분간 천박하다. 어쩌다 외면하려 했고 끝끝내 관성의 고리를 찢어내려 했었지만 내 속을 들여다보고 나오며 위로하는 더러운 손길은 오로지 나만의 리듬을 맞춰주는 위험하고 고결한 마녀의 진보라 립스틱이 범벅이 된 진한 입맞춤과 같아서 그 독소가 끝끝내 혀를 마비시킬 때까지 미천하게 굴려댄다.

영국의 밴드 더 후가 늙기 전에 죽고 싶다고 말한 적 있다. 세상에 나이 들기 싫다는 말을 이렇게나 멋지게 표현할 수 있는 문장이 있을까. 그래서 담배를 이용해 서서히 그 뜻을 따르기로 한다. 그러면 어느 정도 타이밍을 맞출 수 있다. 늙기 전에 죽으면 영원히 늙지 않을 수 있다.

고결한 하늘에 가장 저급하고 수준 낮은 그림을 그려내는 그래피티 라이터가 되어, 하얀 눈밭에 발자국을 남기며 지저귀는 어린아이가 되어, 청초한 처녀에게 아이라인을 진하게 그리고 새빨간 드레스를 입히는 메이크업 아티스트가 되어, 공기를 어루만져 어지러운 쾌감을 느끼고 정신을 치명적으로 망가뜨리고는 뱅크시처럼 스스로 만든 작품을 금세 바스러뜨리고 자리를 뜬다.

걷도는 인간들에게 담배만큼 훌륭한 환각제가 따로 없다. 나를 겉돌게 만든 모든 요인은 담배의 마리아주다. 3분의 짙은 명상은 해로운 지렛대이자 부적을 말아 피우는 예술가들의 주술이다.

아무한테도, 그 어떤 것에 의해서도 죽지 않을 테니까 난 너로 인해 죽을 것이다.

중용

이성과 본능, 이상과 현실, 냉정과 열정 사이의 줄타기, 화려함에 정신이 쏠려 자석처럼 이끌려도 충동적으로 뒤를 볼 줄 아는 우직한 강인함, 그 사이에서 위태롭게 미니멀리스트의 중심을 잡고 있는 자의 심장은 얼마나 크고 무거운가. 취할 것과 버릴 것을 정확히 구분하여 취사하는 뜨거운 자제력과 인내심을 지닌 그대는 미련이 없고 후회에 두려움이 없을 것이다. 코코 샤넬의 말처럼 더 하지 말고 덜 하는, 마크 로스코처럼 원색을 쓰더라도 단순한, 석양을 주시하면서도 개와 늑대를 구분하는, 저돌적이지만 무리가 없는, 폐쇄적이지만 수용하는, 지나친 어진 마음으로 패전한 송양의 인을 비웃는, 광기가 무표정으로 자연스럽게 가려지는, 지적 허영심을 염려하여 계륵의 의미를 알더라도 현학하지 않고 도광양회하는, 귀고리나 반지를 하나 정도 뺄 줄 아는, 숨에 눈이 멀어 공기를 끌어모으다 백 드래프트에 데지 않는, 프로메테우스처럼 무모하게 인간들을 돕다가 신의 노여움을 사지 않는, 미사여구가 없이 모노크롬으로 온갖 표현을 하는, 단순한 것이 궁극의 정교함이라는 다 빈치의 말을 이해한, 하드보일드적인 어투로도 현란한, 행복한 공간에서도 일부러 불행의 금에 발가락의 끝을 대고 있는, 적당함의 미학을 아는 그대는 지나칠 정도로 관능적이다.

마 천 루

——

만나서 반갑다

그들도 아이였다. 청소년이었고 누군가의 기둥이자 희망이었다. 기대를 저버리지 않으려 했고 맹목적인 총애에 몸 둘 바를 몰랐다. 낳아주고 길러주신 은혜에 보답해야 하는 것이 인지상정이다. 누군가의 아이들은 태어났기에 기대치에 부응해야 한다. 자식을 이용해 못 이뤘던 꿈이나 닿지 못했던 존재가치의 확립을 실현하는 것은 대물림되어 도구화된다. 너를 사랑하기에 너를 최고로 만들 것이다. 최고가 되지 못했던 나의 자식으로 태어났기에 너는 나의 숙원을 이뤄야 할 의무가 있다. 나는 주변 환경 문제로 인해 공부를 잘하지 못해서 좋은 대학을 가지 못했으니까 너라도 지금 당장 방으로 들어가 문제집을 펼쳐라. 가시 돋친 모성애가 흘러내려 연필을 끄적이는 아이의 동공에 적셔져 총기가 희미해진다.

이들에게 슬로우 스타터 따위는 끔찍한 패배자다. 나의 아이는 메달을 따기 위해 태어났고, 나의 아이라면 5살부터 체르니를 연주해야 하고, 나의 아이는 토슈즈를 신고 한순간도 아픈

티를 내선 안 되며, 나의 아이를 담당하는 선생님은 술집에서 친구들과 음주를 하더라도 학부모에게 절대 들켜선 안 된다. 심지어 화학의 가치와 진보성에 대해 무지한 인간들은 자신의 아이가 아파도 약을 먹이지 않고 병원에 데려가지 않는다. 이런 부모에게 자신의 혈육은 그저 도구다. 이런 아이들에게 부모는 필요 없다.

잉태되는 순간부터 아이의 미래를 결정짓는 운명론자들은 아이를 부모 경쟁의 카드로 사용하겠다는 것을 자각하지 못하는 것인가, 안 하려고 애쓰는 것인가, 아이가 태어났을 때 부모와 자식의 눈높이가 아닌 사람과 사람으로서 "만나서 반갑다"라고 인사할 부모는 세상에 몇이나 되는 건가.

대가를 바라고 부축하는 것은 도와주는 것이 아니다.
호의는 어디까지나 순수해야 한다.

죽음

아무튼 결말은 죽는 것이요, 단두대의 칼날 아래에선 누구도 부, 명예, 업적 따위는 의미 없이 이름 없는 짐승이며, 우리는 그 사실을 거의 잊고 살기에 열정적이다. 어차피 먼지로 환원될 거면서 이렇게 치열해도 되는 것인가. 지금 먹는 곱창이 내 생애 마지막 곱창일 수도 있다는 것이 인간의 잔혹한 운명이다. 죽음이 두려운 이유는 아무도 죽는 것이 무엇인지 모르기 때문이다. 죽는 순간의 고통의 크기와 사후세계의 존재 여부에 대하여 말해주는 사람은 없다. 만약 말해주는 사람이 있다면 사기꾼이고, 임사 체험 후기는 개소리이며, 산 자가 죽음을 논하는 것은 뻘짓이다. 그러니까 죽음은 우주와 같아서 그 앞의 모든 것은 하찮다.

#명예

호랑이는 죽어서 가죽을 남기고 사람은 죽어서 이름을 남긴다는 속담은 의미가 없다. 어차피 죽었는데 사후의 평가는 무슨 의미가 있나. 죽음은 명예를 잃는 것이기에 세상에 명예로운 죽음 따윈 없다. 순직자의 계급을 한 단계 특진시키거나, 상조 회사의 프리미엄 패키지를 운용하거나, 망자를 위로하기 위한 종교적 의식과 같이 주변인의 죽음을 드높이고 넋을 위로하며 명예를 선양하는 것, 조선의 문종이나 후한의 원소처럼 6년상을 치르는 것은 죽은 자가 아닌 나를 포함한 남아 있는 자를 위한 의전이다. 산 자는 어쨌건 현실을 살아야 하기에.

#자살

멈춘 적 없이 영원할 것 같았던 심장이 꺼지는 고통의 크기, 일생의 주축이 되었던 뇌가 부서지는 상실감의 크기, 발자취의 짐을 평생 견뎌낸 척추가 절단되는 허망함의 크기, 영혼을 보호했던 피부가 녹아내리는 작열통의 크기는 적절하게 배합되어 죽음에 대한 공포를 완성시킨다. 죽는다는 건 무한히 미지의 세계다. 죽는다면 귀신이 되어 구천을 떠돌거나, 저승의 검은 불 속에서 죽지 않고 영원히 타거나, 적요한 혹한에서 평생을 떨거나, 운 좋게 천국으로 가서 새하얀 날개를 등에 달고 주지육림을 누린다는 둥 확인되지 않은 죽음에 대한 모든 전설과 정보가 검증이 되었을 때, 이제 죽음이 두려워지지 않을 때, 인간도 안락사가 가능할 때, 동맥에 낙서를 하지 않아도 죽을 수 있을 때, 자살은 행복해질 수 있는 선택지가 된다. 앤디 워홀은 태어나는 것은 납치되는 것과 같다고 했고, 프랑수아즈 사강은 나는 나를 파괴할 권리가 있다고 했으니 인간은 모두 탈출할 수 있는 존재이고 자살할 수 있는 권리가 있다. 삶을 스스로 끝낸다는 것은 데릭 험프리의 책 제목을 빌리자면 『마지막 비상구』와 같다. 이 추악한 삶에서 탈출할 수 있는 마지막 비상구 말이다. 그리고 이 책은 삶에서 탈출해야 하는 수단으로 죽음을 선택하는 것에 대한 좋은 교보재다.

태어나서 미안하면, 사는 게 고통스럽다면, 이렇게까지 해서 살아야 하나 싶다면, 죽음이 예술이라고 생각한다면, 파리의 모르그가 미술관이라고 생각한다면, 어떤 메시지는 죽어야만 전달된다면, 나의 우상이 스스로 목숨을 끊었다면(베르테르 효과), 살기 싫은 마음과 죽고 싶은 마음이 같아졌다면, 나의 죽음이 그저 사망자 통계에 보탬이 되는 숫자일 뿐이라는 두려움조차 없어졌다면, 어서 이 더러운 세상을 벗어나라. 그 때는 슬

퍼하지 않고 축하해 줄게. 이제 더 이상 아프지 않을 수 있게 되었으니까. 그러니까 조의금이 아닌 축의금을 줄게. 레퀴엠이 아닌 팡파레를 울려줄게.

#가치

세상에 영원한 건 없으니 영생도 없겠지. 그래서 죽음은 가치가 있다. 죽음이 언제나 주위에 머물러 있어서 생명이 존엄한 것이라면, 죽음이 없는 끝없는 삶에는 더 이상 기품 따윈 없다. 죽음의 자력은 불가항력이라서 그 유산 또한 가치가 있다. 이어지는 유산의 가치는 언제나 죽음으로 완성된다. 근데 그 전에 남길 수라도 있나. 죽음은 의외로 드라마틱하지 않아서 느닷없이 찾아오는 것이 부지기수다. 부럽다. 만약 내가 오늘 죽어도 당신들은 내일을 평범하게 살 수 있어서. 나는 내일 지옥의 관문에서 신과 지옥을 믿지 않았다는 죄로 처벌을 받을 것이다. 그 마당에는 이미 니체와 프로이트가 의식을 잃은 채로 널브러져 있고 나는 그 광경에 어쩔 줄을 모른 채 어떻게 할 새도 없이 진홍색 포승줄에 손이 묶인 채로 악역 전문 영화배우의 얼굴을 한 염라대왕의 보좌관에게 정강이를 한 대 걷어차이고 둔기로 가슴과 등을 사정없이 맞은 후에도 갈릴레이의 기세를 빌려 "그래도 신은 없다!"라고 호언하다가 내 주위에 쓰러져 있는 그들처럼 정신을 잃을 때까지 밟힐 것이다. 그러다 루이스가 뚜벅뚜벅 걸어와서는 나뭇가지로 내 볼을 콕콕 찌르면서 그러게 그냥 나처럼 회심하지 그랬냐며 혀를 끌끌 차고는 가던 길을 가겠지. 죽음이라는 초탈의 영역에선 기백 또한 무너지니 나는 그 앞에서 그저 한 마리의 유글레나다. 내가 죽거든 혈소판이 파괴되어 응고되기 전에 내 관절을 꺾어 이젤로 만들고 혈액으로 단색화를 그려줘. 니코틴을 잔뜩 함유하고 있어서 적갈색에 가깝고, 물보다 콜라를 더 많이 마셔서 점성이 높으니 그릴 때 좀 애먹는 부분에 대해서는 미안하게 생각해. 그리고 고기를 너무 많이 먹어서 기름도 많을 테니 유화로 분류하면 될 거야. 그 명화를 보지 못하고 죽는 게 내 유일한 슬픔이었으면 좋겠다. 내가 죽는다니, 너무 아름다운 날이다.

강박

목표는 꿈, 장래희망, 과업, 야망, 정복, 포부 등과 동의어다. 목표라는 것은 어쨌든 현실보다는 상층부에 있기 때문에 올려다봐야 한다. 그리고 사람에게는 대부분 목표가 있다. 그것은 쉽게 이루어지지 않기에 희소성이 있고 도전하는 모두에게 자리가 있다는 보장도 없기에 서둘러 채비를 한다. 목표를 이뤘다는 것은 무언가를 성공했다는 것이고 인정과 존경을 받는 몇 안 되는 의자에 앉아 있다는 성취감에 어지간한 노력으로는 닿을 수 없다는 것을 알고 있다. 그 중턱에서 노력하는 자들은 어쩌다 남들에게는 없는 나만의 계획을 터득한다. 그것을 증명하려 집착하기에 이르면 일종의 강박이 완성된다.

#가설 - 결핍

혼자가 무서워서 구성원에게 사랑받기 위해 자신의 가치를 끝없이 낮춰 사랑과 관심을 갈구하다 매몰된 적 있었다. 그 상처가 경작한 19살 끝자락 즈음 내가 세운 가설이다.

'열등감, 복수심, 자기혐오, 인정욕구, 모멸감, 무력감, 자격지심, 르상티망, 자책감, 트라우마, 소외감, 수치심, 질투심, 시기심, 피해 의식, 패배감, 환멸감, 굴욕감, 공포감, 박탈감, 절망감, 상실감, 콤플렉스, 부러움과 부끄러움 등등 결핍의 성질을 지닌 감정들은 발전의 동기, 성공의 원동력으로 치환할 수 있다.'

여기서 결핍 감정들의 농도는 독립변수고 얼마만큼 성공하느냐는 종속변수다. 연역적인 추론은 이 결핍 감정들이 짙어질수록 정촉매하여 혈류를 고무시켜 심신의 능력이 상승한다는 것이다. 존재론의 청사진이자 방법론의 핵심이었고 세간에 나도는 일화나 사례들을 봐도 이 실험에 패인은 없었다. 한계에 다다른 저열하고 저급하고 한심하고 음침할 정도로 희귀한 레벨의 결여 의식은 오직 나만 갖고 있었고 피험자도 나밖에 없었다. 시료도 충분했다. 어제까지도 모자라고 서투르고 보잘것없고 병신 같은 내가 있어서, 집 밖은 모두가 나보다 우월해서 어디를 걷든 군학일계여서, 남들은 당연하게 하고 있는 모든 것들을 나는 당연하다는 듯 하지 못하고 있어서, 내 가치를 거침없이 판단하고 무자비하게 평가했던 너희들이 있어서, 그런 너희들은 무슨 일 있었냐는 듯 다복하고 진취적이며 화려한 근황으로 한층 더 노골적으로 주제 파악하도록 해주어서, 이 나이에도 알바를 하며 한 시간에 8,700원 정도를 받는 나보다 일찍이 방향과 재능을 찾거나 타고난 배경으로 이미 존경과 인정을 받으며 지향적 행위에 어떤 장애도 없는 일상을 영위하는 내 또래들이 있어서, 여자들은 잘생기고 능력 있는 남자와 어울리려 하고 그렇지 않은 나 같은 남자와는 엮이지 않으려 해서, 나와 같은 시간에서 다른 노력을 해왔던 사람들이 있어서, 세상에 엘리트가 너무 많아서, 나는 나쁜 사람들보다 약해서, 나만 쏙 빼놓고 다들 어른이 되어가서, 그래서 진한 결핍 감정은 차고 넘쳤지만 문제는 너무 많아서 효율적인 결과 도출이 어려웠다. 경우의 수가 많으면 최선의 효과를 귀납해줄 단 하나의 역치를 찾아내려는 욕심이 생긴다. 욕심은 곧 집착을 불러냈다.

'열등감, 복수심, 자기혐오, 인정욕구, 모멸감, 무력감, 자격지심, 르상티망, 자책감, 트라우마, 소외감, 수치심, 질투심, 시기심, 피해 의식, 패배감, 환멸감, 굴욕감, 공포감, 박탈감, 절망감, 상실감, 콤플렉스, 부러움과 부끄러움 등등 결핍의 성질을 지닌 감정들은 발전의 동기, 성공의 원동력으로 치환할 수 있다.'

병균을 무력화시킬 항체가 필요해서 좀 더 우수한 백혈구를 만들어내기 위해 그라신을 과다 투약한 꼴이어도 된다. 사탕,

초콜릿, 담배, 아나볼릭 스테로이드, 게임 「스타크래프트」 마린의 '스팀팩', 영화 「리미트리스」의 'NZT'가 되어도 발전할 수만 있다면, 성공할 수만 있다면 얼마든지 먹어줄 테니까 어서 제대로 된 분자식을 알아야 한다. 레비나스가 타인은 곧 나를 존재하게 하여 뗄 수 없는 윤리라고 했으니 나보다 앞선 그들을 이용해먹어야 한다. 그것들이 나를 괴물로 만들어도 되니까, 한 인간이 무언가에 이토록 집착하는 건 뇌과학과 정신 의학이기 이전에 예술이니까, 결핍으로 성공하는 게 아름다우니까, 죽지 않을 만큼의 상처는 독기가 되어 사람을 성장시킨다고 했으니까, 소년만화의 주인공들이 나약함에 대한 분노와 상처를 각성의 계기로 만드는 에피소드는 질리지 않는 클리셰니까, 아들러가 열등감은 발전의 원동력이 될 수 있다고 했으니까, 다 빈치는 열등감을 활용해 천재가 되었으니까, 나는 결핍 감정 따윈 얼마든지 만들어낼 수 있으니까, 그러니까 제발 나도 그걸 어떻게 하는지 알려줘.

#그냥

젖은 점토나 고운 모래로 이루어진 늪보다 강박의 늪이 더 무섭다. 허우적대다 몇 년을 날려버리기 때문이다. 강박이라는 건 대칭, 수직, 숫자 등에 대해 집착을 하거나, 생각날 때마다 손을 씻는다거나, 냉장고의 음료수를 색깔별로 줄을 세우거나, 물건을 버리지 못하거나, 집 문을 잠갔는지 확인하기 위해 몇 번을 들어갔다 나오거나, 조각가 자코메티처럼 침대 옆 바닥에 신발과 양말이 가지런하지 않다면 잠들 수 없거나, 영화 「베이비 드라이버」의 주인공 '베이비'처럼 음악을 틀지 않으면 운전할 수 없게 만든다. 자신에게 용기를 주는 글귀를 포스트잇에 써 모니터나 냉장고에 붙이는 것도, 책상을 정리해야 공부를 시작할 수 있는 것도, 커피를 마셔야 하루를 시작할 수 있는 것도, 중요한 일을 시작하기 전에 사랑하는 사람의 사진을 한 번 보는 것도, 새해에 목표를 세워야 목표가 이뤄질 거라는 생각도 일상의 가벼운 강박이고, 습관, 루틴, 기도, 명상, 레터링 타투 또한 강박의 잔가지다. 그 중에 사람을 조금 더 정신 이상자처럼 보이게 하는 강박은 머릿속의 사고를 정리해야 하는 것이다. 하지 않아도 될 생각을 계속하는 것보다 하지 않아도 될 생각을 해야만 하는 생각으로 착각하는 것이 더 큰 문제가 된다. 생각을 정리해야 하는 강박에 의해 질문이 질문의 꼬리를 물어 이윽고 사고가 작요하기에 이른다. 마치 시지프스의 돌처럼 멈췄다고 생각하면 다시 굴러떨어진다. 그러니까 24시간 내내 다른 사람들의 눈에는 보이지 않는 정육면체 큐브의 색깔을 일치시키려고 굴려대고 있는 거다. '결핍 감정을 좀 더 능률적으로 이용할 수 있는 법칙을 찾아 성공해야 한다. 그렇지 못하면 패배자다'라는 몇 자 안 되는 문장은 일을 하기 전에, 자기 전에, 게임을 하기 전에, 영화를 보기 전에, 음악을 듣기 전에, 출근을 하기 전에, 버스를 타기 전에, 청소를 하기 전에, 밥을 먹기 전에, 물을 마시기 전에 특정 기억을 되새기게 하는 강박을, 결핍 감정이 모든 걸 해결해줄 거란 일원론자의 자기 암시적 강박을, 엔진을 달았다고 해서 핸들을 놓으려는 강박을 만들어 의식에 매듭을 지어 괴롭혔다.

실타래가 당신의 의식을 어떻게 묶어놨는지 모르기에 나는 탈출하는 경로를 안내해줄 역량이 없고 나의 조언은 너의 상황에 언제나 융화할 수도 없다. 그러나 강박 자체를 대하는 태도는 안다. 단순해야 한다. 왜 에베레스트에 오르려고 하냐는 질문에 그게 거기 있어서 그렇다는 산악인 조지 말로리의 태도 말이다. 가수 윤종신의 〈와이파이〉에 나오는 단세포처럼 행복 하나만 바라보라는 가사는, 그레이의 〈하기나 해〉에서 반복되는 그냥 하기나 하라는 가사는, 생각이 너무 많을 필요 없다는 말과 같다. 생각이 너무 많으면 고통스럽다. 단순할수록 뚜렷해진다. 그렇다면 나는 그냥 화가 난 거다. 화가 난 것뿐이다. 그냥 그것뿐이어야 한다. 그냥 그것뿐이면 된다.

집

밖에서 하루 종일 가면을 쓰고 다녔더니 숨쉬기가 힘들다. 그래도 집은 온전한 나를 마주할 수 있는 공간이다. 우선 의자에 앉아 아까 고객이 박아 넣었던 총알을 뽑아낸다. 소독제나 연고는 없지만 일단은 뽑아내야 한다. 급소를 향하지 않은 것에 안도를 하며 그걸 피하지 못한 나를 책망한다. 다음은 동료가 가슴에 깊게 꽂아 넣은 칼날의 파편을 골라낸다. 심장에 가까워서 그런지 조금 아프다. 그리고는 그들이 나를 다치게 한 원인을 나에게서 찾는다. 그래야 다음엔 피할 수 있거나 조금 더 튼튼한 갑옷을 만들 수 있다. 더 이상 나를 아프게 하지 말란 호소는 룰에 어긋나거나 건방진 것이다. 하지만 나에겐 집이 있다. 여긴 벙커와 같아서 공격할 사람은 없다. 그래서 잠깐 앉아 있는 것도 가능하다. 잠시 미뤘던 사색을 즐긴다. 명상과 무의식 사이의 어딘가 놀이터가 있다. 혼자서 그네와 미끄럼틀을 탄다. 혼자만 있어서 시소는 타지 못했지만 그래도 즐거웠다. 이제 손과 발을 씻고 잠에 들어야 한다. 내일은 상처를 하나도 받지 않는 것이 목표다. 아니면 매일의 목표다. 자려고 누웠더니 손과 이불에 피가 묻어 있다. 상처는 분명 다 아물었는데. 누구의 피인지도 모르겠다. 언제부턴가 여긴 나 혼자 지내는 곳이 아니다. 집은 그저 벙커, 불펜, 라커룸, 케렌시아, 백스테이지다. 집에서는 지금을 쉬는 게 아니라 다음을 준비해야 한다. 삐에로 가면을 쓰고 다녔으니 집에서라도 울어야 할 시간을 가진다. 집에서도 편히 쉴 수 없다. 집에서도 누워 있을 수 없다.

죄

#당사자

범죄 경중에 적합한 처벌이 합당하고 타당하게 이루어지는 것을 제외한 여집합에는 제삼자가 낄 자리, 개입할 자격은 전혀 없다. 당사자들끼리의 문제와, 벌을 해주는 공공기관에서 처리할 문제에 제삼자의 공간은 없다. 너희 중 아무 죄가 없는 자들도 돌을 던져선 안 된다. 그건 정의롭지 않다. 기어코 피해자의 의사는 무시해가며, 아니 땐 굴뚝에 연기가 나겠냐며 뒷조사를 바탕으로 인과관계를 짜깁기하며 소설을 쓰는 것 또한 죄다. 당사자들끼리 해결했으면 끝난 것이다. 우리 중에 심판자의 자격이 있는 사람은 없다.

#핑계

실수든, 우발적이든, 계획적이든, 죄를 지으면 벌을 받는 것은 국가의 일원이라면 조건 없이 진리다. 인간은 누구나 실수를 하고 청소년과 성인은 인간이다. 청소년이든 성인이든 살인을 하고 강간을 하고 마약을 한다. 법 앞에서 무언가를 구분해선 안 된다. 상식이 잡힌 성인이든, 법의 체계를 알지 못했고 교양과 격식을 배우고 있는 청소년이든, 지나친 음주로 인지능력이 떨어지든, 외부 환경의 충격으로 정신 질환을 앓고 있든 간에 법 앞에서 결과 앞에 수식되는 것은 모두 핑계다. 죄를 짓는 것에 사유의 구분을 두는 것은 공정성을 무시하는 것이다. 법은 만인에게 평등해야 한다. 술을 마셔서, 정신병을 앓고 있어서, 아직 어려서 그런 짓을 했다는 것은 법의 무게를 깔보는 변명이다. 법이 해이해지면 도덕도 해이해진다. 죄를 짓는 것과 벌을 받는 것의 틈에 환경적 요인은 개입할 수 없다.

#소외 효과

키 큰 모델 출신 배우들이 일진으로 출연하는 것은, 조직폭

력배가 인간미를 보이는 것은, 불법적으로 자금을 벌어들여 전망이 좋은 초호화 호텔에서 천연 입욕제를 풀고 반신욕을 하는 사기꾼을 연기하는 여배우가 아름다운 것은, 권선징악적인 스토리 속에서 그 범죄자들이 천벌을 받는 것은 그 앞에 카메라가 돌아가고 있기 때문이다.

#필요악

순리와 질서를 위해 선과 악을 구분했고, 선은 익(益)이고 악은 해(害)다. 이 흑백은 분명해야 한다. 오로지 피해의 결합물인 죄와 악이 소실될수록 평화의 짜임새가 끈끈해지므로 죄를 소탕하는 것은 인류의 긴 염원이다.

그러나 선의는 때로 악의 결과를 낳기도 하고 악은 원시적으로 순기능을 하기도 한다. 그렇다면 순수한 선과 악은 없다. 그리고 만약 악 중의 해를 제거할 수 있다면, 선을 위해서 악을 행해야 한다면, 부조리로 질서를 지킬 수 있다면, 선과 악에 미싱 링크를 채워 넣어야 한다면, 상호간의 자유의지가 있는 성매매로 성범죄 예방을 할 수 있다면, 대마초를 기호식품으로 취급할 수 있다면, 폴리아모리로 오직 너에게만 집착하지 않는 여유를 가져 관계의 재앙을 막을 수 있다면 그건 필요악이다. 그건 대의를 위해 이용해도 되는 "에인션트 원의 다크 디멘션이다."[1] 세상에는 사용할 만한 악이 존재한다. 죄악 중 피해라는 썩은 열매를 골라내어 가공한다면 필요악을 솎아낼 수 있다.

1) 영화 「닥터 스트레인지」 참조

#잠재

죄와 벌은 바늘과 실인 것을 알면서도 규율을 거역하는 자가 하루가 멀다 하고 우후죽순이니 단지 무지한 것이라고 단정짓기에는 죄의 그림자는 가깝고도 많다. 인간은 죄의 욕구를 통제하며 사니 모두 잠재적 범죄자이며 내 인생의 주인공이 나라면 피카레스크는 언제나, 영원히 전성시대다. 사람이라면 오늘 선하면서 내일 악하고, 내일이 악하면 모레는 선하다. 착한 사람과 나쁜 사람은 없다. 사람은 선함과 동시에 악하며 그저 뭐가 더 부각되느냐의 차이다. 스스로 착하다고 착각하지 마라, 위선자여. 누군가는 당신을 미워하기에.

인과율

#이해

세상 모든 일에는 이유가 있다. 만물의 어떠한 움직임도 이유에 의한다. 이건 삼라만상의 베이스가 되는 상식이다. 이해심은 상식과 직결되었고, 이해가 안 간다는 말을 달고 사는 사람들이 팔방에 넘실대니 가히 상식이 없는 지식인들의 시대다. 결과에 원인이 따르는 것은 우주와 결부된 진실이고 1,000억 개의 뉴런으로 연계된 뇌의 전지전능한 명령을 감히 한 순간에 읽어내겠다는 오만함이 아니라면 어찌 이해할 수 없는 것이 있다고 선언할 수 있나. 도무지 이해할 수 없는 것이 있다면 이해하려 할 필요 없다. 톨레랑스의 태도를 갖출 때, 에포케를 응용할 때, 인과율을 받아들일 때 비로소 상식적이다. 이해할 수 없는 현상이 시야에 담겼다면 시야 밖 어딘가 그 현상을 정갈하게 설명해줄 원인은 반드시 존재한다.

#명분

명분을 만드는 것은 인과율의 반전이지만 이 또한 온갖 작용에는 동기가 필요하다는 것을 증명한다. 명분이 생기면 결과는 정상화되고 정당화된다. 원인이 있기에 결과가 생기고, 결과가 생기기 위해서는 원인이 필연적이다. 원하는 결과를 만들기 위해 원인을 구성하려는 것은 원인 없이 결과가 있을 수 없다는 것을 표명한다.

#상처

누구나 사연이 있다. 살다 보면 산전수전을 겪는다. 간혹 상처를 훈장처럼 과시하는 사람들을 만나기 마련이다. 나의 날카롭고 민감하고 이기적인 톤 앤 매너는 과거의 사연으로 인해 만들어졌으니 당신이 이해해야 한다는 식의 시답잖은 인과율을 들이민다. 이해를 강요받는 자들은 상처를 애써 숨기며 사는 사람들이다.

상처입어 경직된 인간을 돕지 않아도 되는 이유, 그들의 상처가 자랑거리로 이월되어 정당화로 이어진다면 어김없이 문제가 된다. 어떻게 그런 성격을 갖게 되셨는지 들어줄 필요 없다. 누구나 사연은 있고 그 성격을 선택한 건 자발적이다. 그러니까 나쁜 상황에서 나쁜 선택을 한 건 나쁜 사람이다. 친절하지 않은 사람에게 친절하게 대할 필요 없다. 상처를 애써 숨긴 당신이 바보가 아닌 이상.

#예각

수평 180도, 수직 120도, 사람의 시야각은 사물이 아닌 사람을 볼 때 더 좁아져 첨단공포에 걸릴 것만 같은 뾰족한 예각이 되어 서로가 서로의 폐부를 찔러대고 뼈막을 긁어댄다. 흰 셔츠에 빨간 게 묻었으면 아마도 사람을 살해한 것이다. 안 보이는 곳에 있는 케첩은 내 알 바 아니다. 보고 싶은 것만 보면, 시야각이 좁아지면 인과율은 붕괴된다.

육식

포식은 질서행위다. 포식자와 피식자의 관계는 놀랍고 잔인하되 행정적이고 환경적이다. 잡아먹는다는 표현을 넘어서 살아 있는 것들은 항상 남의 것을 빼앗아야 한다. 이 사실은 생명 유지의 단 하나뿐인 경로이며 지구가 탄생할 때부터 이어진 에너지의 순환 체제다. 유기체는 다른 유기체의 에너지를 빼앗아야 생활할 수 있다. 빼앗아야지만 손가락을 까딱할 수 있고, 페트병에 콜라를 담아 마실 수 있고, 전기와 불을 활용할 수 있고, 종이에 볼펜으로 글을 쓸 수 있고, 악어가죽으로 지갑을 만들 수 있다. 뱀으로 태어났으니 토끼와 쥐를 잡아먹어야 하고, 인간으로 태어났으니 돼지와 소를 잡아먹고, 오리털 파카를 입고, 식물성 추출 성분으로 제조한 스킨로션을 바르고, 나무를 베어 만든 전공책으로 중간고사 준비를 한다. 불쌍한 일이 아니다. 먹이사슬의 맨 위에서 태어났다면 잡아먹어야 하고 아래에서 태어났다면 잡아먹혀야 한다. 아주 당연한 것이다. 그래서 목숨과 본능 앞에서 자비를 논하는 것은 가식적인 인지부조화이고 '시위하는' 채식주의자들은 위선적이고 가증스럽다.

우리는 운명적으로, 우연히, 운 좋게 인간으로 태어났고 인간 또한 먹이사슬의 일원이다. 그러나 먹이사슬의 일원 중에 유일하게 말을 하고 생각을 할 줄 아는 지능을 갖고 태어나서 다른 생물의 에너지를 빼앗는 것에 대해 윤리를 따지기 시작했고 육식과 채식 사이에 분계선을 세워버렸다. 안타깝게도 생물체가 생물체의 에너지를 빼앗는 건 지구의 모든 생물에게 해당된다는 생각은 하지 못하는 지능이다. 무한리필 고깃집에 허가 없이 들어와 영업을 방해하며 육식 반대 시위를 하는 채식주의자들은 존중해줄 가치가 없다. 이 오지랖은 동물이 불쌍해서가 아니다. 가진 게 없어서 남들과는 다른 특별한 점을 만들어내기 위해 '시위하는' 채식주의자가 된 것뿐이다. 살고 싶으면 빼앗아야 하고, 뺏고 싶지 않다면 죽으면 그만이다. 육식은 곧 자연과 순리, 질서다.

마천루 - 홍콩

마분지나 백로지 같았던 황량하고 거친 벌판 위에 밤의 어둠과 조명의 빛을 씨줄과 날줄처럼 엮어 비단과 모피로 짜내어 덮어버린 인류는 기어이 마스터피스를 만들어냈고 그것은 야경이다. 검정과 하양으로만 세상에서 제일 아름답고 화려한 것을 표현하려면 어떻게 조화하면 되겠냐고 묻는 자에게는 야경을 내보여라. 그래서 야경은 단순미의 극치다.

그러나 홍콩의 태도는 다르다. 과한 것은 추하기까지 하며 심플함에서 느껴지는 절제미가 가장 아름답다는 미적 관념 앞에 홍콩의 야경은 그래서 뭐 어쩌라는 식으로 칠색의 광선을 영공과 지상으로 쏘아댔고 그 광경 앞에 최소주의 예술가들은 마치 자연재해를 마주한 듯 경외감과 허탈감이 뒤엉켜 아찔해질 것이다. 여기는 빛이 살아 움직이는 가장 화려한 도시다.

모데라토

그저 오선지에 적힌 음표가 시키는 대로 손가락만 움직이는 것은 향이 없고 맛이 없으며 영혼이 없다. 그래서 빠르기말이나 지시표를 부가함으로써 훨씬 입체적인 연주를 한다. 빨라졌다 느려지고, 강해졌다 약해지며, 경쾌하다 둔해지고, 밝아졌다 우울해지는 한 곡의 연주는 지루할 틈이 없다. 악보에서 양념을 담당하는 기호는 그대로 일생으로 옮기면 바이오리듬이나 감정 기복으로 불리게 된다.

기분의 충돌은 교통사고처럼 예측할 수 없고 통제하지 못하니 내 몸은 내 것이 아니다. 그저께 날아갈 듯 몸이 가볍다가 어제 쓰러질 것마냥 기어다니고, 오늘은 살아야 했지만 내일은 죽고 싶어서 죽어야 한다. 존경심은 열등감이 되었다가 다시 존경심이 되고, 추억은 스트레스가 되었다가도 다시 추억이 되고, 상처는 훈장이 되었다가 다시 상처가 되고, 언젠가 성공할 사람처럼 굴다가 잠시 후 바닥에 굴러다녀 이리저리 밟히는 낙엽이 된다. 사인 그래프마냥 올라가다 떨어져 선귀하고 윤회하는 내면의 기복은 항상 낯선 이와의 첫 대화처럼 어색하고 적응하기 어렵다. 악보와 달리 작곡자의 지시어가 언제 튀어나올지 예습할 수 없기에 주체하고 가늠할 수 없는 일생의 연주는 중간에 멈출 수도 없어서 일단 손가락을 움직이고 봐야 한다. 두려워서 멈추면 오케스트라는 무너진다. 어느 마디가 킬링파트인지, 그 킬링파트가 사람들의 마음에 들지 않는다면 어쩔지 가늠하는 틈에도 박자는 어긋난다. 연주를 하느라 아직도 펼쳐보지 못한 이 수만 권의 악보를 모두 같은 작곡자가 썼다면 회광반조와 폭풍전야의 중첩적인 연주 기법이 아름다운 선율이라고 생각하는 음악적 성향이 강하거나 그냥 연주자를 괴롭히는 걸 즐기는 사디스트겠지. 난 지금 손가락을 움직이며 모데라토가 나오기를 기다리고 있다. 아니, 차라리 나오지 않아도 상관없다. 이제는 보통 빠르기로 연주하는 방법을 모르겠다.

더럽다면서 걸레를 집게손으로 잡는 자들은 깨끗한 방을 가질 자격이 없다.

마 천 루

괴물

호랑이굴에 들어가도 정신만 차려서는 살 수 없다. 호랑이 앞에서 인간은 살아남을 수 없다. 호랑이 앞에서 살아남을 수 있는 건 호랑이다.

괴물을 잡으려면 괴물이 되어야 하고, 미친 세상에선 미쳐야 정상이지만 미치거나 괴물이 되면 손가락질하는 현실에서 인간으로 남아야 할지도, 괴물이 되어야 할지도 모르는 진퇴양난의 굴레는 인간과 괴물의 성비를 균형적으로 공존시켰다. 살아남기 위해 괴물이 되려는 자를 욕하는 인간들이 있다. 그들이 인간들을 잡아먹고 해쳐서 생태계를 파괴할지도 모른다는 노파심 때문이다. 인간의 엄중함을 탈피한 채 날개를 흔들어 날아가는 괴물들을 보며 혀를 끌끌 차고 고함을 치면서 꾸지람하는 자들은 잡아먹히는 게 무섭다면서 시끄러운 소리를 내고 팔다리를 방방 휘저어가며 시선을 유도한다. 조금 멀리서 그 꼴을 보자면 혼을 내는 것이 아니라 마치 나도 데려가달라는 듯 떼쓰는 어린이들이 보인다.

공평이 미덕이라 상부상조에 집착하는 부류가 인간이다. 그래서 조금 독특한 인간들을 우리는 괴물로 치부한다. 영특한 자들을 필요로 하면서 유별난 것을 용납하지 못하는 것이 이치에 맞지 않는다는 것을 모를 만큼 완명불령하기에 괴물이 될 능력과 자격조차 없는 이들이 할 줄 아는 거라곤 저건 평범하지 않으니까 나쁜 거라고 웅성대는 것뿐이다.

괴물을 잡기 위해 괴물이 되는 것은 변화가 아닌 진화다. 남들과 달라야 개화할 수 있는 형국에서 괴물의 증산은 적자생존이자 자연 선택이다. 특이성은 날개뼈를 아프게 한다.

마 천 루

운명

#뫼비우스

운명을 잊으려 하는 것도 이미 정해진 운명이고, 운명을 잊으려 하는 것을 잊으려는 것도 운명이고, 운명을 거슬러 상실해낸 것도 운명이다. 타고난 운명을 바꿔 새로운 운명을 창조해냈는가. 그것 또한 그대의 운명이었다.

#점지

운명이 이미 기록되어 있으나 금서라서 펼칠 수 없으니 이게 운명의 잔혹함이다. 누가 나를 지배하고 고정해놓았나. 이미 정해진 것을 알 수만 있다면 이 영겁의 두통은 완치될 수 있을까.

타로, 사주, 해몽, 점성술 등 초자연적이고 몽롱한 것들은 그

기운이 강할수록 그럴듯한 학술이 되어 운명을 농락한다. 우리는 요즘 안 좋은 일이 많고, 내일은 물을 조심해야 하고, 10년 안에 배필을 만난다. 아니면 아닌 거다. 애매한 건 끼워 맞추기 좋아서 포용하기 쉽다. 점괘는 그저 콘텐츠다. 운명은 예견할 수 없고 점칠 수 없어야 한다. 그래야 운명이다.

#순간

될 사람은 뭘 해도 되고 안 될 사람은 뭘 해도 안 된다. 운명과 팔자의 위대함은 노력을 비참하게 만든다. 운명은 노력이 아닌 순간들로 정해진다. 사르트르가 인생은 탄생과 죽음 사이의 선택이라고 했으니 순간의 선택들이 꼬리를 물어 좌우를 가르고 평생을 결정한다. 세월은 정방향이라서 다른 갈림길로 돌아갈 수 없다. 선택은 가혹하게 축적되어 사람의 운명을 조직한다. 순간은 겹이고 운명은 밀푀유다. 일생의 단 한순간들은 습관, 성격, 인격을 층계로 설비시켜 동일 조건의 두 소년을 각각 위인과 범죄자로 나눠버린다. 단 한순간의 어린 선택이 운명을 결정한다. 태어나는 순간부터 운명은 결정되니 누군가의 일상을 누군가는 평생 갖지 못한다. 이것은 아마도 칼뱅이 말했던

"신의 구원을 받은 자와 받지 않은 자의 차이"[1]일 테다. 운명은 역겹게도 이런 식이다. 오직 단 한순간이다.

1) 칼뱅의 '예정설' 인용

멍

연고를 바르려면 상처가 겉에 있어야 하는데 멍은 안에 있어서 시간에게 치유를 맡기기도 한다. 깊으면 깊을수록 그만큼 오래 걸린다. 멍이 조금 더 파고들어 피하조직을 넘어 마음에 다다르면 더 이상 모세혈관 재생력의 신비를 기대하긴 어렵다. 마음의 멍은 치료법에 따라 출혈조차 없는 자잘한 생채기에서 그치기도 하고 하염없이 괴사하여 육체까지 곪아 녹아내리기도 해서 주치의의 역량이 다소 중요하다. 그 주치의는 나와 똑같이 생겼고 강변의 산책로나 카페처럼 사색을 할 수 있는 공간 어디에나 있다. 레일이 없는 수영장에서 사방으로 자유영을 하듯, 차선이 없는 고속도로에서 아우토반 부럽지 않게 과속을 하며 정주행과 역주행의 구분이 의미 없는 활주를 하듯, 심판과 로프가 없는 옥타곤에서 글러브를 낀 라이벌 플레이어를 망치나 전기톱으로 상대하듯, 경계가 없는 생각의 자유성은 공상이 되어 이연현상을 일으켜 내시경으로도 검사할 수 없었던 마음의 멍을 개복하여 마주하고는 응징을 하듯 수술도로 난도질을 한다. 마음의 멍을 치료하려면 멍하니 있는 시간이 필요하다.

소득

소득이라는 영장류의 거래 방식은 서로를 자발적인 부속으로 만드는 단 하나의 비운적인 궤도, 투명한 사슬이다. 그러나 최대한 체계적이다. 스스로 움직여 소득을 얻어내야 죽지 않을 수 있으니 인건비라는 것은 뱀이나 여우같이 사람을 꼬드겨 군체를 형성하게 했으며 소득이란 체제가 없었다면 위성에서 바라본 태양계의 세 번째 행성에는 다른 행성처럼 광색 한 점 없이 오직 대륙과 구름, 바다만이 되비칠 것이다. 더 많은 돈을 벌어야 더 많은 본능과 욕구를 해소할 수 있기에 소득이란 건 기업을 만들었고, 도로에 아스팔트를 깔고, 한강에 31개의 대교와 철교를 건설했고, 두바이에 163층의 빌딩을 이룩했고, 전구와 선풍기를 발명하고, 시와 그림과 철학을 조형하고, 올해 FW/SS 트렌드에 걸맞은 패션을 디자인하고, 좀 더 진미를 느낄 음식과 칵테일의 레시피를 연구하고, 현대인이 가장 필요로 할 만한 어플리케이션을 고안해내고, 과학자들은 바이러스를 없앨 백신을 만든다. 근로의 결실에 소득이 없었다면 지금의 문명은 백악기와 다를 게 없을 것이다. 소득과 자본은 비밀번호 한 번 틀리지 않고 인류와 접속하여 연혁을 통솔했고 사람이라면 반드시 일을 하게 만들었다. 도시를 호흡하게 하는 것은 돈이니 이상적인 사회를 만드는 것은 오로지 자본주의다. 옛날 산짐승을 사냥하여 고기를 얻어냈듯이 몸을 움직여 노후대비를 해야 하고, 학원비와 등록금을 내기 위해 잠깐 시급과 타협을 해야 한다. 돈을 받을 수 있어야 누군가는 아무도 하지 않으려 하는 그 일을 한다. 시장주의에 의거하고 기반을 두어 사람은 자신을 결정한다. 문명을 출산한 것은 오직 돈이다.

소속

#소속감

소속감과 연결된 정체성은 아슬아슬하다. 소속된 곳에서 주아를 발견했다면 더욱 위태롭다. 국한된 소속감은 명확히 위험하다. 그러니까 가진 게 별로 없는 자는 우연히 누리게 된 고귀하기 짝이 없는 소속감을 지키는 것에 급급해서 볼썽사납게 질척거리게 되는데 그 간직하려는 태도 자체는 추하기 그지없다. 그 발버둥은 20kg은 감량한 효과를 노리고 턱에 미친 듯 비벼대는 셰이딩처럼, 백인처럼 보이려 21호 파운데이션 두어 통을 온몸에 발라대는 유색인처럼, 미련해서 불쌍하되 어쭙잖아서 거부감이 든다. 한 톨의 소속감이라도 빼앗기지 않기 위해 방어전을 준비하는 그들의 화장법은 본래 그것을 탈취하려는 이가 없으니 피해망상으로 빚어진 허세다. 그래서 그들이 뿌린 향수는 역하다 못해 케미포비아를 일으킨다.

그릇이 작은 관리자가 지휘하는 소속은 위험하다. 오직 어여

뻐고 소중한 소속감이 종지만한 그릇을 채운다. 관리자가 소속감을 귀중하게 여기다 못해 융합하려는 기세로 탈수기를 돌려대듯 조직을 쥐어짠다면 악착같이 버틸 정신력을 이용해 악착같이 빠져나와야 한다. 그 조막만한 지력으로 문제와 사고의 원흉을 당신의 과실로 떠넘기기에 전력을 다할 것이다. 소속감을 지키기 위한 구실은 적국의 전언을 읽고 화가 나지만 당장 군사를 집합시킬 배짱이 없어 일단 눈앞의 사신을 베어버리는 왕의 옹졸함과 같은 맥락이다.

뒤틀린 소속감을 가진 선임자의 뒤를 이은 자는 곧 등이 터져 압사당할 새우다. 그들로부터 신속히 빠져나오지 못한다면 문드러져 죽는다. 동료에게 사람 취급을 받지 못했던 간호사와 승무원들처럼, 체육대학교의 1학년들처럼, 군기, 태움 문화, 시니어리티는 이곳이 아니면 갈 곳 없는 이들의 자기 보호 도구이자 안킬로사우루스의 꼬리 곤봉 같은 전유물이다.

가장 볕이 잘 들어 따뜻한 서울역 광장 앞 중간 계단, 그 곳에 앉지 말고 앉더라도 금방 일어나 도망가라. 오로지 그곳에서 생활할 수밖에 없는 노숙자들이 시비를 걸러 올 것이다. 어서 기차를 타야 되니 그들과 어울릴 시간이 없지 않나. 여기가 낙원이 아니라면 "도망친 곳에서야 낙원은 존재한다."[1)]

1) 미우라 켄타로의 애니메이션 「베르세르크」의 명대사 '도망쳐서 도착한 곳에 낙

원이란 있을 수 없다' 인용

#적응

주민등록법과 행정법에 의거, 사람에게 이름이 있고 출생신고가 정상적이라면 언젠가 한번쯤 소속되어야 하기 마련이다.

소속의 일원이 되기 전야만큼 두려운 밤이 없다. 새로운 땅의 규칙 앞에서 초행자는 모두 병아리다. 우선 애써 수립해왔던 데이터베이스는 쓸모가 없다. 안타깝게도 공든 탑에 못 하나 박지 않은 신인의 지혜는 신용도가 전무할 수밖에 없다. 그래서 소속과 선학의 철칙을 새로 배워야 한다. 기억날 리가 만무한 걸음마를 처음 떼던 그 날처럼 다시 습득한 보법은 허벅지와 종아리 근육에 어느 정도 경련을 일으키고는 레고를 재조립하듯 폼을 유동한다. 그제야 절뚝거리더라도 목발을 짚지 않고 걸을 수 있다. 역시 인간은 적응하는 동물이다.

소속의 일원으로서의 말일만큼 두려운 날이 없다. 이날의 마지막 순간 가장 참혹한 것은 갈고닦은 대현자의 요령이 다시 오지 못할 이 문의 손잡이를 돌리면 허상이 되어 신기루처럼 사라지는 것이다. 영화 「오즈의 마법사」처럼 도로시가 오즈로 가는 문을 열 때 흑백에서 컬러로 변하듯, 프렌치 느와르에서 세피아 톤의 차가운 공기를 들이마시며 성냥을 물고 코트 깃을 세우고 리볼버 액션을 숙련해봤자 이 문의 건너편 배경은 자동차와 장난감이 말을 하고 마법사와 외계인이 요술봉과 레이저빔을 얼굴에 들이밀고 을러댈 것이다. 소속이 변할 때마다 나도 변해야 하는 비참함은 잠시, 그저 다시 동화해야 한다. 적응의 루프는 결국 어딘가 소속해야만 하는 것들의 업보다.

#수준

공동체 안에는 구성원에게 존경받는 사람이 있고 손가락질받는 사람이 있다. 그래서 유대감은 쉽게 배열되지 않는다. 공동체마다 존경할 만한 사람은 딱히 없어도 무방하나 비난받아야 할 자들은 수요적이다. 육포는 배고파서 씹는 게 아니라 심심해서 씹는 거니까.

중심은 안정적이고 어중간은 불안하다. 중심과 어중간의 차이는 공동체의식의 초점이 이익과 목표에 맞춰져 있는지, 아니면 구성원의 수준을 가늠질하며 한 발 들어가거나 한 발 물러날 모색을 하는 것에만 급급한지의 차이다. 어중간한 후자들은 박쥐라기보다는 우월 의식의 존립을 유지하는 방식이 더 이상 없기 때문이다.

끼리끼리 어울리고 그 놈이 그 놈이며 "모든 국민은 그 수준에 맞는 정부를 가진다."[1] 어쨌든 소속의 소속원이라면 다른 소속원들과 같은 수준이라는 것이다. 같은 수준이라서 같은 수준을 가진 사람들끼리 만난 것이다. '일단은' 말이다. 나는 여기 있을 사람이 아니라는 둥, 운이 안 좋아서 잠깐 머무르고 있는 것이지 어차피 여길 떠날 거라는 둥 잠재력과 가능성에 대한 자의식 과잉은 빈틈없이 추하다. 훗날 얼마나 훌륭한 사람이 되려 하든 간에 거기 있는 동안 당신의 수준은 그 소속의 수준이다. 아니라면 거기서 빠져나오면 그만이다.

1) 프랑스 정치가 토크빌의 말

거울

이 아무 짝에 쓸모없는 비효율적인 병신을 대체 어찌하면 좋단 말인가. 생각은 오래 하면서 결과는 항상 좋지 않으니 생각을 하고 사는 게 맞기는 한 건가. 거울 속의 이 벌레 같은 인간이 정말 내가 맞는 건가. 맞다면 어째서 이런 별 볼 일 없는 인간으로 태어난 것인가. 아무도 없는 화장실에서 거울을 볼 때면 자조감에 휩싸여 정신을 놓고 욕설을 쏟아내도 거울 속의 그는 끝내 정신을 차리지 않는다. 그에게 배움에는 끝이 없다는 말은 배운 것을 자꾸 까먹기 때문에 존재한다. 배운 것을 자꾸 잊어버려 같은 실수를 반복한다. 그는 내 삶을 망친 원수다.

거울을 깨고 멱살을 잡아 우물의 링처럼 끌고 나와 때리고 싶다. 어차피 생긴 것도 귀신처럼 괴상한 몰골이지 않나. 그러나 겁도 많아서 거울을 깨지도 못한다. 그래서 욕이라도 한다. 그와 평생을 붙어다녀야 하는 이 치욕과 창피함은 어째서 그를 죽이지 못하는가.

언젠가 그 거울을 깨야겠다. 그 거울을 하루라도 빨리 깨어 너를 만나 만져보고 싶다. 언젠가 마주해서 그동안 때리지 못했던 만큼, 때리고 싶었던 만큼 때릴 것이다. 숨이 끊어질 때까지, 체내의 피가 전부 흘러나와 바닥을 흠뻑 적실 때까지 너를 때리고 흡족한 표정을 짓고는 거울의 파편을 심장에 박아 넣을 것이다. 아니, 그 전에 그 멍청한 머리부터 찢어야겠다. 부모님이 외출한 사이 아이가 손바닥에 물감을 묻혀 집 안 벽지에 아무렇게나 찍어대듯 거울을 캔버스로 삼아 빨간 물감으로 더럽혀야겠다. 난 그제야 그토록 동경했던 예술가가 될 것이다. 그런데 이 심장을 찌르는 고통이, 피와 섞여도 차가운 눈물이, 매일 너를 죽여야 직성이 풀리는 충동이 어째서 끝내 네가 아닌 나를 죽이려 들지는 않는 건가.

우주먼지

암과 에이즈를 정복하는 날에도, 외계인과 행성 간 교역을 하는 날에도, 연금술로 정말 금을 생성하는 날에도, 물가가 치솟을 대로 솟아 감자탕 中자가 800만 원쯤 하는 날에도, 더 이상 세계에 전쟁이 일어날 이유가 없는 평화로운 그날에 아직도 우주의 끝을 볼 수 있다는 자들이 있다면 비소가 새어나오려는 것을 애써 참아야 할지도 모르겠다. 손에 쥐어질 것만 같은 성층권을 통과하는 것조차 극소수에게 허락된 인간의 한계 앞에서 모든 우주에 대한 루머는 꽤나 일리가 있다. 평생 느낄 수 없고 볼 수 없는 우주의 무한은 갑자기 달려오는 트럭 앞에서 발이 떼어지지 않는 것처럼, 생각하려 하되 생각할 수 없다.

우리는 지구에게 개미이고 태양에게 점이며 우주에겐 생물이든 아니든 알 바 아닌 먼지다. 그래서 우주의 관점에서 볼 때 한낱 사람이 큰 맘 먹고 하려는 그 어떤 것들은 짚신벌레가 박테리아를 먹기 위해 조금 이동하는 것보다도 하찮다. 우주 앞에서 역사적으로 사람들이 이뤄낸 것들은 모두 대단하지 않아서, 우주 앞에서 인간의 역사적인 업적은 그저 개미떼의 행렬과 같아서, 우주의 끝과 끝 그 사이 우리는 먼지보다 못해서, 인간으로서 엄청난 것과 하찮은 것의 차이는 이 우주에서 먼지와 같아서, 그래서 우리가 큰 결심을 하고 행하려는 그 어떤 것들 있잖아, 그거 진짜 별거 아니야.

더 이상 방관자에게 책임을 넘기지 말라. 애초에 책임은 가해자에게 있다.

도마

숨겨야 하는, 숨겨야 했던, 숨길 만한 이유가 있는 사실은 비밀이다. 그 비밀을 들키면 먼저 지리멸렬되는 것부터 시작하기에 숨 쉬기가 힘들어지더라도 잠수를 해야 한다. 수면 위에선 사람들이 옹기종기 모여 낚싯대에 가십이 걸리기를 기다린다. 만족스러운 크기의 추문을 낚아 올려 도마에 가지런히 올리면 잡힌 생체는 사력을 다해 뻐끔뻐끔댄다. 뭐라고 하는지 들리질 않으니 상관없다. 줄자를 들이대 갖은 측정을 시도하고 유추한다. 뭔가 말을 하고 있는 것 같은데 상관은 없다. 어떻게 칼을 대야 할지에 대한 판단은 잡힌 네가 아닌 잡은 내가 한다. 너에 대해서 얘기하지만 너는 얘기할 수 없다. 도마 위에선 생선이든 사람이든 목소리를 잃는다.

마 천 루

여지

내게 넘어올 듯 말 듯한 것은, 모두가 죽어 사라지고 마지막으로 남은 것은, 사지가 찢겨도 아직 심장이 뛰는 것은, 하찮은 일생에서 마지막의 마지막까지 기도를 하는 것은, 이번 한번만 오욕적이라면 모든 게 끝날 거라는 희망을 가진 것은, 그래, 그 희망, 조잡하고 인공적인 그 희망, 희망은 여흥이다. 뭐가 되었든 시작하지 않거나 끝냈어야 한다. 이쪽이나 저쪽이 아닌, 중간에 있는, 확실하지 않은, 그러니까 애매한, 남겨둔 두 번째 기회, 여지를 남기지 말라. 여지는 미련을 남겨 쓸데없는 재미에 젖게 한다.

비유

그건 달팽이가 아니야.

그건 모래가 아니야.

그건 지갑이 아니야.

그건 불이 아니야.

그건 포도가 아니야.

그건 돋보기가 아니야.

그건 강철이 아니야.

그건 주식의 그래프가 아니야.

그건 기계가 아니야.

그것들을 그 어떤 것에도 함부로 빗대지 마. 그건 그것일 뿐이야.

말

#신조어

독자성, 정체성, 그리고 언어는 고유성을 띤다. 예전에는 빌려 썼지만 우리만 쓸 수 있는 언어가 생겼다. 그래서 신성한 것이다. 그래서 건드리면 안 된다. 한글은 위대하니까. 그러나 아직 이름이 없는 어떤 것이 있다면, 만약 어떤 어려운 현상을 좀 더 쉽고 짧게 설명할 수 있는 단어가 있다면, 조금 더 신속하게 상황을 전달하거나 정확한 감정을 표현할 수 있는 말이 필요하다면 이제 한글의 고귀함과 신성함 따위를 논하는 것은 미련한 국수주의자들의 억지와 같다.

우리 유일의 문자가 없던 그때는 대륙의 문자를 빌렸다. 그러니까 반포를 하니 언어지만 창제 중일 때는 은어였다. 말은, 단어는, 이름은 그런 과정으로 붙여진다. 새로이 등장한 사물이, 상황이, 현상이 물밀듯이 다가오는데 깔깔거리며 앞머리에 헤어롤을 매달아논 소녀들의 말장난을 무작정 경계하는 것은 좋지 않다. 그 중에 답이 있을 수 있다. 자음과 모음 또는 한글과 외국어의 해체와 조립, 어원과 유래를 지킨 아나그램은 언어가 될 자격이 충분하다. 한글은 이제 신조어에 적응해야 하고 신조어는 계속 발생해야 한다.

#대화의 방식 - 침묵

성대에서 소리를 내어 혀와 치아, 입술을 사용해 내뱉는 것이 말이고 이 행위를 상대방과 주고받는 것이 대화다. 그러나 말을 주고받는 것은 대화지만 대화는 말을 주고받는 것뿐만이 아니다. 사실 대화의 방식은 무의식적으로 알게 모르게 행해지고 있다.

제곱수를 배울 수 있는 교육과정을 거칠 때도 우리는 늘 그렇듯이 수학기호를 읽을 줄 알아야 했다. 3^4은 삼의 사승, 2^2은 이의 이승이라고 읽는다. 그리고 경상도에선 2^e는 이의 ㅎ승이라고 읽는다. 지금은 사라진 자음이다. 그러니까 쌍기역, 쌍디귿처럼 쌍이응이라고 생각하고 이의 ㅇㅇ이승이라고 읽으면 된다(교육청에서 정식으로 허가를 한 발음이 아니라 그냥 경상도 사람들끼리 이러고 있는 거다). 그래서 경상도에서는 2^e과 e^2을 구별해서 들을 수 있다. 요점은 똑같은 단어도 성문 파열음을 써가며 다르게 뱉을 수 있듯이 같은 문장을 읽어도 어느 지점에 강조를 하냐에 따라 다른 뜻으로 전달할 수 있다. 중국어의 성조와 비슷한 원리다. 표현의 방식은 이뿐만이 아니다. 눈빛, 표정, 수화, 몸짓, 미믹, 억양, 발성, 반복, 그리고 침묵이 있다. 이것이 대화에 있어 표현의 심층성이다.

우리는 가는 말이 고우면 오는 말이 곱고 기분 나쁜 말을 들었다면 더 독한 말로 앙갚음해야 한다고 배워왔다. 말은 말로 응수하는 것이 현대인 대화의 소양이고 말을 말로 받지 못했다면 어휘력이 약하거나 주관이 없는 놈이 되기도 한다. 그래서 침묵의 효과를 모를 땐 굳이 하지 않아도 될 말까지 하게 된다. 그렇다면 굳이 말을 하지 않는 것 또한 대화의 방식이 되기 충분하지 않나. 침묵은 그 효과에 비해 평가절하되어 있다.

침묵은 간주 중이다. 노래방에선 시간이 아까워 간주점프 버튼에 연타를 하지만 대화 중일 때는 항상 시간이 아깝진 않다. 대화에도 리듬이 있고, 대화 사이의 공백을 어색함이 아닌 간주로 여긴다면 껄끄러운 음향사고가 아닌 깔끔한 음악적 장치가 된다. 여백이 두렵지 않다는 침묵이 자연스럽다면, 굳이 많은 말을 하지 않아도 대화가 매끈하다면 그 대화는 잘 통하는 것이다. 너무 억지로 대화를 이어가려는 것보다는 침묵이 낫다.

설교나 잔소리는 공전이다. 고작 말 따위로 사람을 바로잡겠다는 생각만큼 어리석고 끔찍한 발상은 그럴듯한 가능성 때문에 떨쳐지지 않는다. 그 대상이 설득으로, 대화로 해결할 수 있는 성품이었다면 이미 스스로 해결했을 것이다. 그들을 가만히 놔둬 방조하고 침묵을 지켜라. 깨닫지 못했기에 자멸하면 그만이다.

할 말이 떠오르지 않을 때, 말을 하나마나 상관없을 때, 모르는 분야나 끼어들 수 없는 주제에 억지로 아는 체하며 끼어들어 망신당하기 전에, 위로할 줄도 모르면서 의미 없는 조언이나 할 것 같을 때, 호언장담이 설레발과 허음을 남발하는 것으로 자주 이어질 때 말을 하지 않는 것, 쉬운 일이다. 세상에는 굳이 안 해도 될 얘기가 많고 "그래서 너 재가 죽으라면 죽을 거야?" 같은 답할 가치가 없는 어리석은 질문 또한 너무 많다. 모든 질문에 답하려 할 필요도, 요란한 것만이 성장이라 생각할 필요도 없다. 침묵의 방식, 침묵의 이유, 침묵의 효과, 침묵 또한 대화의 방식이다. 피타고라스의 말이다. "침묵하라. 아니면 침묵보다 더 가치 있는 말을 하라. 쓸데없는 말을 하느니 차라리 진주를 위험한 곳에 던져라."

#직감

제논의 역설을 계산하지 못하면 아킬레스가 1㎞ 앞에서 출발한 거북이를 따라잡을 수 있다는 것을 증명하지 못하게 된다. 그러나 우리는 제논의 역설을 계산하지 못해도 아킬레스가 거북이를 추월할 수 있다는 걸 알 수 있다. 그것이 상식이고, 본능이고, 촉이고, 육감이고, 직감이다. 답에 가까운 어떤 것을 느꼈는데도 말할 수 없다고 해서 그게 무조건 틀린 것은 아니다. 왜 그게 맞느냐는 답할 수 없는 어떤 질문에는 말보다는 느꼈던 그대로 행동해서 증명하는 것이 훨씬 효과적, 효율적이다.

#말싸움

사람은 너와 내가 생각이 다른 걸 쉬이 인정하지 못한다. 심지어 솔직한 것과 진심을 전하는 것이 같다고 착각하거나, 다름과 틀림을 구별하지 못하거나, 반사적으로 이분법으로 생각하는 습관이 들었거나, 유파를 부정하거나, 『미움받을 용기』를 제목만 겉핥기식으로 이해했다면 자신이 세운 기준에서 어긋났다고 판단을 내려버린 타인을 선도한다는 구실로, 일침이라는 명목으로 부러 냉철한 척하며 날이 가득 선 어투로 상대방의 인간상을 교정하려 한다. 그리고는 남의 시선 따위 신경 쓰지 않고 눈치 보지 않고 할 말을 다 하는 차갑고 우아한 성격을 지녔다는 평가를 듣기 위해 더욱더 강렬한 어조로 개조하려 한다. 사견 따윈 묵살된다. 그들이 목표점으로 삼은 것은 그저 내 말은 절대 틀리면 안 돼서 말싸움에서 이기는 것, 설전에서 우위를 점하는 것이기 때문이다. 자존심은 이해심을 호식한다.

#말더듬이

뱉은 말은 쏟은 물처럼 주워 담을 수 없다. 말과 물은 잡히지 않기에, 단 한번 내뱉은 말은 그 사람의 이마에 인두를 지져 표식을 새긴다. 이 자는 이런 말을 했던 인간이라는 표지 말이다. 말의 무게는 갈수록 무거워진다. 새어나간 소신이 자유와 평등과 어긋날 때 도처에 사복을 입은 단죄자들은 더 들어볼 것도 없다는 듯 해명할 시간조차 주지 않고 그의 이마에 납땜을 하여 글씨를 새긴다. 이 자는 유색인종과 성소수자의 인권을 박탈하려 하는 빌어먹을 차별주의자라는 식의 낙인 말이다. 그는 그저 여주인공과 운명적인 사랑에 빠지는 평범한 로맨스 영화의 남자 주인공이 잘생긴 백인 남성이었으면 재미있겠다고 말했을 뿐이다.

예방을 위해 과장을 호루라기로, 비약을 삼단봉으로 삼으면 매카시즘, 레드 콤플렉스, 불령선인을 찾아내려는 일본의 제국주의자들과 다를 바 없다. 감시자들은 소수와 약자의 인권을 침해하려는 자들을 색출하기 위해 눈에 불을 켜고 귀를 쫑긋 세운다. 이제 오해 따위는 섬광의 시간으로 확정이 된다. 농담과 실언은 본심으로 왜곡되고 말 한마디는 매장의 이유가 되었다. 이 어둡고 답답한 판옵티콘에서 수많은 눈과 입은 쇠사슬이 되어 혀를 옥죈다. 나는 어느새 말을 더듬기 시작했다.

마천루 - 뉴욕

머리카락과 눈동자, 정서의 색깔이 대척되는 나라, 너무 다른 것은 끌린다고 했고 이끌리는 곳으로 걷는다는 건 아직도 봐야 할 것들이 남아 있다는 것이다. 야경은 곧 마천루이자 마천루는 곧 야경이다. 밤의 유미적 진가에 있어 뉴욕의 야경은 이 천체에서 독보적이고 감각적이며, 뻗치는 냉정함이 오히려 안정을 주는 독일무이한 교묘함을 선사한다. 나는 이 나라의 재즈, 힙합, 크림소스 스파게티, 나이를 따지지 않고 존댓말이 없어서 '형'이나 '어르신'이 아닌 이름을 부르는 문화, 개인주의적인 정서, 금발의 누나들, 수평적 관계, 바쁘지만 자유로운 분위기가 좋다. 현지에서 들을 만한 음악은 해는 동쪽에서 뜨고 국에 소금을 넣으면 짜다는 것만큼 뻔하지만 역시 제이-지의 〈Empire state of mind〉만한 게 없다. 올드하지 않은 클래식은 언제나 베스트니까.

예술

표현의 자유, 자유로운 표현, 예술은 현실에서도 현실과 동떨어져 심연의 기질을 표출한다. 그 어떤 것도 그려내는 것이 가능한 곳에서, 자신이 만든 캐릭터 뒤에 숨어 입 밖으로 꺼내기 어렵고 불편한 것들을 태평하게 표현할 수 있는 가상공간에서, 현실과 관계없는 듯 현실을 찔러대는 여우 같은 병행성에 의해서, 현실에서 현실을 농락해도 되는 치외법권에서 예술의 자유성은 눈부신 가치를 토해낸다. 예술은 표현이나 의중을 찾아내는 범위의 한계가 없다. 그래서 예술은 자유롭다. 그래서 예술은 현실을 사랑하지 않을수록 탐하게 된다.

빌리 아일리시가 말하길 인생의 끔찍한 순간에 좋은 예술이 나온다고 한다. 그녀는 자신의 뮤직비디오에서 "검은 눈물을 흘려 얼굴과 옷과 안구의 흰자를 적시거나 입을 벌려 살아 있는 타란튤라가 기어 나오게 한다."[1] 아름다움을 목적으로 창조된 예술이 아닐수록 예술적이고 예술적이라는 것은 곧 지나치게 아름다운 것들을 칭한다. 이 영상의 검은 눈물과 거미에게 암

순응하면 지나치게 아름다워 숨을 가쁘게 만들 것이다. 예술은 아름답지 않은 끔찍한 순간에 피어날수록 아름답다.

진흙 속에서 핀 꽃처럼, 백건에 피가 묻은 피아노처럼, 흑장미를 움켜쥔 백골처럼, 아라베스크를 취한 발레리나의 의상에 검은 옷핀처럼, 항마촉지인을 맺은 부처상의 어깨에 걸린 프라다 코트처럼, 젖병에 담긴 크롬바커 바이젠처럼, 화산의 용암에서 헤엄치는 물개처럼 착란과 망상에 시달리듯이 발칙하고 무례한 상상 또한 예술의 자질이다. 그래서 오직 비정상적이고 특수한 심미안을 가진 미친 별종만이 예술을 수행할 수 있다.

내가 표현하는 것을 이해하지 못해도 상관없다는 이기적인 퍼포먼스 또한 예술의 품격이다. 기타리스트 김도균은 예술에 대해 "남들이 아직 안 간 길을 가는 거다. 험난해도 감수할 만한 용기를 가지고 그 길을 가야 한다. 시간이 흘러서 나중에 평가받는 게 예술의 속성"이라고 정의했다.

예술가들은 각자의 이데올로기를 두고 카코토피아에서 선문답을 나눈다. 똑같은 단어는 어떤 예술에 서있느냐에 따라 대척점에 선 동음이의어가 되기도 한다. 그렇게 충돌해야 한다. 부딪힌다는 게 아니라 에이젠슈테인의 충돌 말이다. 하나의 직설은 예술을 거치면 수천의 상징으로 귀결된다.

문화에 대한 검열, 그리고 재미가 아니라 의도를 요구하는 것은 곧 예술의 퇴보다. 이미자의 〈동백아가씨〉는 왜색을 담을 의

도가 없었고 저스디스의 〈Gone〉은 자살충동을 미화한 적이 없었다. 예술은 관철하는 태도에서 정주해야 한다. 발터 벤야민의 말이다. "예술가의 사명이란 날카로운 시선으로 시대를 직시하는 것이다." 예술은 개입하는 것이 아니라 느끼는 것이다. 속내를 찾아내려는 이유는 그저 감격에 떨기 위함이다. 밥 포시의 말처럼 주제의식을 숨기면 숨길수록 반비례해서 차츰 매혹적으로 진화하는 것이 예술이기에.

예술은 불안정하다. 그 시작은 언제나 충동이기 때문이다. 그래서 예술가들은 태도에 대해 비판을 받기도 한다. 충동적이라는 것은 인간이 인간다울 수 있는 이성과는 거리가 멀고 인간상에 한해서 미숙하다. 그러나 인간적이다. 인간적이지 않은 인간은 곧 결점 없는 예술품이고 그것은 향이 없는 꽃과 같다. 그렇다면 예술은 결여된 인간들이 다룰 때 빛을 발한다. 이것은 현실을 인정하는 또 하나의 방식이자 극복이다.

미국의 사진작가 낸 골딘은 남자친구에게 두들겨 맞은 얼굴을 그대로 사진으로 찍어 공개했고, 행위예술가 아브라모비치는 정신분열증 환자들이 처방받는 약을 직접 먹으며 그에 따른 신체변화를 그대로 보여줬으며, 『소돔의 120일』은 극도의 사디즘을 거슬리고 질기하게 그대로 묘사해낸다. 예술은 '있는 그대로, 생각한 대로'의 미학이다.

기이하고 부자연스러운 매너리즘의 미술을 보는 것은, 반항적이고 원색적인 야수파의 그림을 보는 것은, 낯설고 기괴한 그로테스크의 공포를 느끼는 것은, 예술이 될 수 없다고 생각한 것들에게서 예술을 찾으려 하는 다다이스트를 보는 것은, 기존의 예술 문화를 모두 거부하는 플럭서스를 보는 것은, 불결하고 퇴폐한 것을 두고 심미적 태도로 일관하는 데카당스를 보는 것은, 우아한 비너스상에 이레즈미 타투를 새기는 조각가(파비오 비알레)의 불경을 보는 것은, 미성의 극대화를 위해 스스로 거세한 성악가(파리넬리)를 보는 것은, 매일 다른 종류의 마약을 복용하고 자화상을 그려내는 화가(브라이언 루이스 선더스)를 보는 것은, 포름알데히드가 가득 찬 유리 탱크 안에 상어를 박제하는 미술가(데미안 허스트)를 보는 것은, 메소드로 조커를 연기하기 위해 동료 배우에게 살아 있는 쥐를 상자에 담아 선물한 영화배우(자레드 레토)를 보는 것은, 아름다움은 고통이라며 이마에 다이아몬드를 박은 래퍼(릴 우지 버트)를 보는 것은, 인간의 신체를 탐구하겠다며 자신의 눈알에 대바늘을 쑤셔 넣는 과학자(뉴턴)를 보는 것은, 예술가의 도행을 지켜보는 건 모든 공격이 허용되던 판크라티온을 보는 것만 같아 즐겁지 아니한가. 예술에 대한 예술가의 모든 태도, 태도에 대한 또 다른 태도는 전위적으로 회석되어 다시 한 번 예술이 된다. 그 어떤 것도 예술이다.

1) 빌리 아일리시 〈You should see me in a crown〉, 〈When the party's over〉

인간의 생각

생각은 우연히 시작되어 자칫 성가시다. 누군가 연못에 비친 자신의 얼굴을 우연히 들여다보고는 "내 영혼을 둘러싼 이 껍데기는 무엇이고 나는 누구인가"라고 생각한 것이 지구에 인류가 생겨난 이후 인간이 하는 생각의 시작일 것이다. 이후로 그는 자신은 어째서 태어났고 사냥을 하고 번식을 하고 전쟁을 하고 굶주림과 풍요에 매달리고 행운과 징크스에 반응하고 죽음을 두려워하는지에 대해 탐구하게 된다. 그저 살던 대로 살다가 뜬금없이 생각을 시작하게 되면 그렇게 번거로운 일이 아닐 수 없다. 생각은 허락 없이 인생에 배어들어 멋대로 옷깃을 잡고 늘어진다.

#철학

나비에 스토크스 방정식의 해를 구하면 유체의 움직임을 계산해 태풍과 해류 같은 기후들을 오차 없이 예측할 수 있고, 리만 가설이 어떻게 증명되느냐에 따라 현대의 암호 체계에 타격이 있을 수 있다고 한다. 하이젠베르크의 불확정성 원리에 따라 입자의 위치와 운동량을 동시에 측정하는 건 '불가능'하다는 것 자체가 식의 답인 경우도 있다. 그렇다면 행복한 삶을 마련해줄 수 있는 철학을 풀어낸다면 어떤 것들이 해결되는가, 옳은 선택만 하게 해줄 철학을 증명하게 된다면 어떤 일들이 일어나는가, 아니면 이를 찾아내는 건 정말 불가능한 것일까.

철학은 그 학문 자체가 난제다. 답이 없는 곳에서 답을 찾으려 하는 건지, 개똥철학도 철학이니 모든 철학이 답인 건지, 그 어느 것도 미련하고 숭고하다. 어차피 인간이라는 그릇에 모든 철학을 담을 순 없으니 각자 가능한 범위에 한해서 선택과 판단을 해야 한다. 선대의 구도자와 온상을 순교하고, 연구하고, 깨닫다 보면 특정 학파는 맞춤 정장이 되기도 하고, 고리타분하고 까슬한 예절 학교의 도포가 되기도 한다. 철학은 정답이 없는 학문이라 지극히 개인이 답이다.

인간은 철학으로 움직이지 않는다. 어쩌다 이미 움직이고 난 후에 철학이 결정된다. 많은 사람들은 '난 이런 생각을 가졌기에 이렇게 행동한다'고 착각한다. 그러나 이미 행동한 후에 '아, 나는 이런 생각을 가진 사람이었구나'라고 생각하는 것이 인간이다. 우리는 그것을 합리화라고 부른다.

걷다가 발에 걸린 돌부리는 그저 아무렇지 않게 넘어가거나, 이왕 걸린 김에 걸음을 옮겨 돌아가거나, 따라오는 사람이 넘어지지 않기 위해 뽑아버리거나, 처음부터 없던 것처럼 안 보이게 파묻거나, 몸을 단련하기 위해 배낭에 넣어 가거나, 애초에 돌을 거기 놔둔 자를 탓하거나, 돌에 걸린 나를 탓하거나, 이왕 이렇게 된 거 잠시 쉬었다 가면 되는 것이다. 인간은 각자의 행동을 하고 각자의 합리를 좇는다.

누군가에게는 소멸이 창조할 기회인 것처럼, 장미꽃을 따려면 가시에 찔리는 게 당연한 것처럼, 시작이 반인 것처럼, 이 또한 지나갈 것인 것처럼, 늦었다고 생각할 때 가장 빠르다는 것처럼, 끝날 때까지는 끝난 게 아니라는 것처럼, 나는 게 아니라 폼 나게 떨어지는 거라는 「토이스토리」 버즈의 대사처럼, 내가 가는 길이 곧 길이라는 것처럼, 안정을 유지하기 위해 합리화하는 것은 꾸준히 생각하는 갈대들의 금강저, 엑스칼리버, 방천화극, 이지스 등이 되어주었다. 철학은 합리화가 차곡차곡 쌓인 생각의 소산이다. 현실의 날카로움 앞에서, 그 위대함 앞에서 철학이 없다면 인간이라는 미물은 반드시 무너져 내린다.

#정의

대립하는 두 에너지를 제삼자의 관점에서 보자면 하얀 것과 검은 것, 선과 악으로 비치기 일쑤다. 그러나 가까이서 보면 둘 다 회색이자 정의다. 빛이 쬐는 곳에 따라, 보는 시야각에 따라 달라 보이는 것이다. 각자가 추구하는 신념은 어찌 됐건 정의이고 정의는 신념과 결부하여 다른 정의와 반드시 충돌한다. 그러니까 정의의 반대편, 상대, 적은 악당이 아니라 또 다른 정의인 것이다.

"해적이 악, 해군이 정의? 그런 것 따윈 얼마든지 뒤엎어져왔다. 평화를 모르는 아이들과 전쟁을 모르는 아이들의 가치관은 달라. 정점에 서는 자가 선악을 뒤집는다. 지금 이 장소야말로 중립이다. 정의는 이긴다고? 그거야 그렇겠지. 승자만이 정의다." 오다 에이치로의 애니메이션 「원피스」의 '돈키호테 도플라밍고'라는 해적이 해군과의 전쟁 중 포고했던 대사다. 강한 자가, 이기는 자가 정의라는 무정부적인 발언이다. 그러나 이 대사의 요점은 순수한 선만이 정의는 아니라는 것이다. 세상에는 선을 위한 선이 있고, 악을 위한 악이 있고, 선을 위한 악이 있고, 악을 위한 선이 있다, 악을 상대하는 자가 반드시 선인 것은 아니다. 정의는 애초에 선악과 별개다. 정의는 그저 정의다.

오바 츠구미의 「데스 노트」 주인공인 '야가미 라이토'는 얼굴을 아는 자의 이름을 노트에 쓰면 어디에서나 원하는 방식으로 죽일 수 있는 '데스 노트'를 우연히 손에 넣는다. 그는 개인적인 원한을 가진 사람이 아닌, 자신과 직접적인 관계도 없는 범죄자들의 이름을 써 세상을 모든 범죄로부터 구원하고자 한다. 어디까지나 자신의 이익을 위해서가 아닌 인류의 평안을 위해서다. 실제로 「데스 노트」 세계관에서 전쟁은 사라지고 범죄율은 70%가 감소한다. 전 세계는 '라이토'와 '데스 노트'에 의해 걱정과 두려움이 없는 에덴동산이자 유토피아가 되어갔다. 그러나 죽는 자가 아무리 범죄자라도 '라이토'에게는 타인을 마음대로 죽일 권리와 자격이 없다. 이 부분에서 정의가 정의와 대립한다. 선에 위치한 인간이 아닌, 법이란 걸 만든 인간의 정의와 대립하는 것이다.

'마블'의 대표적 빌런인 '타노스'는 자원이 유한하다는 우주의 치명적인 한계인 엔트로피 법칙을 걱정하여 우주의 본질을 관장하는 6개의 인피니티 스톤을 사용해 지구를 포함한 우주에 있는 모든 생물의 절반을 소멸시키려 한다. 그것만이 타노스가 추구했던 우주의 이상적인 균형을 실현시킬 수 있는 방법이었다. 이 메시아적인 행태는 강제적이고 극단적이지만 어찌 되었건 목적은 우주의 '평화'였고 사욕과는 거리가 멀었다. 그의 관점에서 '어벤져스'는 평화 추구를 방해하는 악당일 테다.

키시모토 마사시의 애니메이션 「나루토」에 나오는 전설적인 닌자이자 주인공 일행의 마지막 대적자인 '우치하 마다라'는 부조리와 다툼뿐인 현실에 진저리가 나고 절망과 염세를 느껴 그것들로부터 인류를 구제하기 위해 현실의 불행 따위 없는 행복한 몽상으로 인도해줄 계획을 실현하려 한다. 「매트릭스」와 유사한 설정이다. 우리 모두 불행을 던져버리고 행복한 것들로 가득한 꿈속에서 평생 사는 게 낫지 않겠냐는 것이 이 계획의 모토다. 그는 오직 사익에 눈이 멀어 있던 기존의 악당이 아닌, 이제 함께 행복해지자는 생각을 가진 정의의 수호자였다. 그러나 그저 현실 도피를 거창하게 포장했다는 점이 주인공 일행의 심기를 건드린다.

사회악인 범죄자를 전부 죽여 선량한 시민들이 불안에 떨지 않는 세상을 위해, 우주에 존재하는 생명체의 절반을 소멸시켜 유한한 자원을 더 오래 사용하기 위해, 불행한 현실이 아닌 모두가 행복한 꿈의 세계에 살기 위해서 이들은 과정과 방식이 부적절하더라도 사리사욕이 목적인 동물의 본능이 아닌 인간의 정의를 실현시키려 했다. 결국 정의는 정의다. 구세주이든, 사이비이든, 궤변가이든, 독선가이든 정의를 실현하려는 자들의 공통점은 숨지 않고 움직였다는 것이다. 게임 「디아블로」 시리즈에 등장하는 대천사인 '티리엘'은 '임페리우스'에게 "당신이 옥좌 뒤에 숨어 있을 때 나는 정의를 실현하려 했다"라며 일갈했고 이 대사야말로 정의에 임하는 자세임은 분명하다. 그대가 생각하는 정의란 무엇인가. 그 정의의 의의가 어떻든 간에 구현하려거든, 불의라고 생각했던 것들에게 대항하려거든 '티리엘'이 말했던 것처럼 나서야 한다. 나서지 않을 거라면 방구석에 숨어서 꼴사납게 정의 따위를 논하지 말라.

—

나비효과를 막기 위해 나비를 죽이는 것은 예방이 아니라 또 다른 재해다.

사람을 만난다는 것

사람은 사람을 만나고, 대화를 하고, 관계를 맺는다. 육체와 육체 간은 한없이 가볍되 정신과 정신의 교감은 행성의 충돌처럼 압도적이고 웅장한 일이다. 사람을 만나고, 그 사람을 알게 되고, 그 사람이 다가온다는 것은 그 사람의 인생까지 다가오는 것이다.

아까 내 라이터를 빌렸던 아저씨, 내 커피를 주문받은 점원, 길을 물어봤던 할머니, 내 어깨와 부딪쳐 서로 사과했던 학생과의 교감은 티끌만도 못하다. 살아왔던 과거와 과정을 서로 모르기 때문이다. 모르는 사람과의 접촉은 그래서 미약하다. 그 아저씨가 가족을 책임지기 위해 몸 바쳤던 수십 년의 시간은, 목숨을 끊고 싶을 정도의 고통을 견뎌냈던 그 점원의 지난날은, 한국 전쟁 당시에 그 할머니가 겪었던 기억의 무게는, 불우한 가정환경으로 인해 상담을 받다 오는 길에 내 어깨와 부딪혔던 그 학생의 방황의 크기는 그 사람을 알게 되기까지, 그 사람이 다가가거나 다가오기까지는 모른다. 사람이란 건 사실 독창적이고, 개인적이고, 새롭고, 사적이고, 유별난 개체다. 가까이서 보기 전에는 그렇지 않다. 밖을 나가면 사람들이 아니라 인생들이 움직이고 있다. 그래서 사람을 만난다는 것은 그 인생까지 만날 준비를 해야 하는 것이다.

색

검은색은 굴복해야 할 것만 같은 압도적인 힘을 띤다. 모든 색을 섞어야 나타나는 색, 유단자의 검은 띠, 블랙홀과 우주, 가로등이 꺼진 골목, 검은 밤을 베고 누우면 낮에는 생각도 하지 않았던 걱정이 날파리처럼 들러붙어 잠을 방해한다. 빛을 흡수하는 지배력에 있어 검은색은 반타블랙에 이어, 리뎀션 오브 베니티가 되어 더 많은 빛을 삼킨다. 검은색은 얼마든지 더 많은 빛을 흡수하며 어두워질 수 있다.

흰색은 순결해서 불결하다. 천사의 날개와 코카인은 같은 색이다. 어릴 땐 흰색을 보면 그림을 그리고 싶었지만 나이가 든 지금은 더럽히고 싶다.

지구온난화를 걱정하는 과학자들은 직사광선에 의한 온도 상승을 억제하기 위해 최근에 궁극의 흰색 페인트를 개발해냈다. 흰색 또한 얼마든지 더 밝아질 수 있다.

선의는 상대가 원하지 않을 때 악의가 된다. 흰색과 검은색은 그 먼 거리에서도 아주 빠르게 교차한다.

마 천 루

빨간색은 흑과 백 어디에 붙어도 그 기세가 강하다. 하얀 소복에 묻은 빨간색, 검은 바탕에 궁서체로 끄적인 빨간 글씨.

검은색과 흰색에 가장 아름답게 배합되는 것은 하늘색이다. 'BMW'사의 이전 로고나 에스토니아 국기.

사람의 색은 자리가 만든다. 그 사람의 본성을 알고 싶으면 그 사람에게 권력을 쥐어주라는 링컨의 말과 일맥상통한다. 그 색은 본색이다.

사파이어 빛을 내는 바다의 파랑과 햇빛에 눈을 돌리기 시작한 새벽의 파랑은 같은 파랑이 아니다. 찰나의 산뜻함과 고급미를 띠는 파랑은 코발트블루로 불리고 영혼을 표현하는 파랑은 세룰리안블루로 불리듯 같은 파랑이라도 작은 차이로 이름마저 달라진다. 색에는 명도와 채도와 색상이 있어서 아직도 붙이지 못한 색명이 많다. 이것은 색각의 한계다. 그러나 아직 이름이 없는 색 또한 색이다. 그렇게 생각하지 않는다면 지각의 한계다. 손가락의 끝마디와 목소리, 홍채, 성격에 색이 있고, 70억 명에겐 70억 개의 색이 있다.

반려동물

어쩌다 개나 고양이를 마주하면 호들갑을 떨며 다가가는 사람들이 있다. 당연히 잡아먹으려 다가가는 것이 아니라 귀여워해주려 다가가는 것이다. 그러나 의도가 어떻든 개와 고양이의 시선으로 봤을 땐 자기보다 몸집이 큰 생물체가 소리를 지르며 성큼성큼 다가오는 것이다. 질겁할 일이다.

개나 고양이를 마주하면 그저 멀리서 쪼그려 앉아 가만히 지켜보는 사람들이 있다. 서로를 관찰하는 시간이 끝나면 때로 개와 고양이는 먼저 다가온다. 지켜보는 자들은 이미 견묘를 발견하기도 전에 동물을 하나의 인격체로 이해하는 것을 끝마친 후다. 다가가서 덥석 만지지 않고 한 발 떨어져 지켜본다는 것은 당신에게 간섭하지 않을 것이니 하고 싶은 대로 하라는 여유와 온화를 내비친다. 끝내 개나 고양이가 고개를 돌리고 갈 길을 가더라도 그들은 미소를 잃지 않는다. 그것 또한 이미 각오한 것이기에. 그 미소만큼 우아한 것은 세상에 없다.

사랑스러운 동물을 보고 소유욕을 느낄 때 '다가가는 자'와

'지켜보는 자'의 큰 차이점은 다가가는 자는 키워야 하는 이유에 대해 생각하고 지켜보는 자는 키우면 안 되는 이유에 대해 생각하는 것이다. 그러니까 그저 한번 안아보기 위해 어떻게든 집에 들이는 사람들과, 끝까지 책임질 수 있는 시간과 여유, 환경, 나의 상태 등을 계산하는 사람들의 차이, 그리고 동물을 장난감으로 생각하는지 가족으로 생각하는지에 대한 차이, 이것이 동물을 애완용으로 생각하는 것과 반려로 생각하는 것의 차이다. 전자는 언젠가 동물을 도로에 버리는 사람들이다. 충동적으로 동물을 집에 들이지 않아야 한다. 그것은 반드시 동물 학대이고, 더 나아가 애니멀 호더의 집착증은 수간과 같다. 충동과 집착을 사랑과 교감으로 혼동한다면 그것은 곧 폭력이다.

고마워

고마워, 전기를 쓸 수 있어서, 스마트폰을 쓸 수 있어서, PC방에 가면 앉은 자리에서 클릭 한번으로 짜파게티를 주문할 수 있어서, 창문 밖으로 포탄이 떨어지는 소리가 들리지 않아서, 강점기가 아니라서, 주머니에 권총을 들고 다니지 않아서, 대지진이 나지 않아서, 새벽 3시에 곱창을 배달시킬 수 있어서, 인터넷이 빨라서, 카페에서 잠깐 화장실을 갔다 와도 핸드폰과 가방이 그대로 있어서, 편의점이 24시간이라서, 광화문에 100만 명이 모일 수 있는 민족의식을 갖고 있어서, CG가 현실적으로 발전해 더 눈이 즐거운 영화들을 볼 수 있어서, 더 개성 있는 음악을 들을 수 있어서, 예술에 대한 콘텐츠가 다양해져서, 지하철이 있어서, 할 말을 할 수 있고 인권과 개성을 존중받기 시작해서, 다원주의자들이 보이기 시작해서, 다른 나라보다 전염병의 대처가 빨라서, 이번 재계약 때 월세를 올리지 않아줘서, 보일러와 에어컨을 발명해줘서, 사람으로 태어나서, 지금을 살아갈 수 있어서, 아직까지 중병에 걸리지 않아서, 병신인 걸 인

마 천 루

정할 줄 아는 병신으로 태어나서, 의료보험이 잘 갖춰져 있어서, 각자 맡은 바 할 일을 잘 하고 있어줘서, 밤에도 빛이 사라지지 않아서, 야경이 아름다워서, 이런 것들을 고마워할 수 있어서, 고마워.

나이가 들어가면서

나이가 들어가면서, 별것 아닌 것들이 내가 이제 아이가 아니라는 것을 실감하게 한다. 얼굴을 흘깃 보고 민증 검사를 하지 않는 편의점 점원을 볼 때, 길을 묻는 사람들이 나를 부를 때 더 이상 '학생'이라고 부르지 않을 때, 데뷔하는 연예인들이 형, 누나가 아니기 시작할 때, 영화 「부산행」처럼 어쩌다 좀비가 나타난 KTX에 타더라도 김의성 배우가 연기했던 '용석'처럼 비겁하지 않겠다는 다짐을 쉽게 할 수 없을 때, 어떤 집단에 놓이게 돼도 관료주의적이지 않겠다는 다짐 또한 쉽게 할 수 없을 때, 유모차를 끌고 가는 애 엄마를 보고 아줌마라고 불러야 할지 누나라고 불러야 할지 애매해질 때, 불을 끄고 자기 전 악몽이 무서운 게 아니라 내일이 무서울 때, PC방에 갔다 온다고 하면 어디 그런 험하고 불순한 곳에 발을 들일 수 있냐며 화를 내던 엄마가 이제는 조심히 다녀오라며 3,000원을 쥐어줄 때, 아빠에게 가슴에 못 박는 어떤 말들을 해도 이제는 몽둥이를 들지 않을 거라는 확신이 들 때, 나이가 들어감에 따라 별것 아닌 것들은, 진짜 별것 아닌 것들이 내가 이제 아이가 아니라는 것을 실감하게 한다. 진짜 별것도 아닌데.

전문

전문 분야를 다루는 전문가 앞에 일반인의 반론은 누란지세다. 그 지식과 경험은 짧은 시간과 적은 노력으로 만들어진 것이 아니기에. 그래서 믿는 것 외엔 도리가 없다. 세상에는 반드시 내가 모르는 분야가 존재하기 때문이다.

"그러나 프랜시스 베이컨은 이를 '권위'로 표현하며 우려한 적 있다. 아무런 비판이나 의심 없이 전문가의 전문 분야를 수용하는 것에 대한 우려 말이다."[1] 요지는, 일반인도 전문 분야에 대한 기초적인 지식은 있어야 한다. 이것은 일종의 예우이자 예방이다. 전문 분야에 대한 기초적 지식은 그 권위의 기에 눌리지 않을 예방을, 전문가에 대한 예우를 동시에 취한다. 전문 분야는 마땅히 전문가에게 맡겨야 한다. 그러나 치과를 가기 전에 이를 닦는 것처럼, 미용실을 가기 전에 머리를 감는 것처럼, 후속편을 보기 전에 전편을 먼저 보는 것처럼, 예방과 예우를 위해, 비전문가 또한 전문가를 마주할 스탠스를 어느 정도 갖춰야 한다.

1) 야마구치 슈 저, 김윤경 옮김, 『철학은 어떻게 삶의 무기가 되는가』 참조

세상에서 가장 쉽고 간단한 인간 관계법 :
나를 좋아하는 사람을 좋아하고
나를 싫어하는 사람을 싫어하는 것

마 천 루

마천루 – 야망

야경을 완상하려면 마천루의 끝에 올라가야 하고 완전히 만끽하려면 그 끝에 살아야 한다. 야경을 내려다보고 싶다는 욕망은 나의 야망이자 누군가의 야망이다. 그 꼭대기가 백척간두라도 한번은 올라가야겠다. 그럼 번거롭게 화광을 오려 덕지덕지 붙여 둘 필요가 없다. 그렇다는 건 야경이 예쁘지 않은 아브라즈 알 바이트나 스탈린의 7자매 같은 마천루는 딱히 올라가봐야 할 가치가 없다. 인류의 역작, 마천루와 야경, 그 끝은 아직 가지 못한 자에게 엘도라도다. 찰리 채플린이 인생은 멀리서 보면 희극이고 가까이서 보면 비극이라고 했다. 이 추악한 도시는 멀리서 봐야 비로소 찬란하다. 그래서 미세먼지 따위에 가려져 별이 보이지 않아 귀농을 하려는 자를 이해할 수가 없다. 여기 지상에 갖고 싶을 정도로 아름다운 별들이 이렇게 많지 않나. 어쩌다 야경의 정점에 서서 Re:Plus의 〈Solitude〉나 Vanilla Mood의 〈Reminiscence〉같은 서정적인 재즈를 듣고 있자면 감전이 된다. 아직 이룰 게 남아있지 않냐는 듯 말이다.

글과 책

#불온서적

글이라는 것에는 반드시 저자의 의식이 새겨져 있다. 그래서 글의 집합체인 책이라는 건 나와 생각이 다른 이들에겐 불온서적이 된다. 세상에 나를 좋아하는 사람이 있다면 싫어하는 사람도 반드시 존재하듯 모두의 동의와 공감을 구할 수 있는 발언은 존재하지 않고 만약 존재한다면 그건 가식이다. 그래서 몇 줄 안 되는 서설만으로 이런 사람은 우리 곁에 두면 큰일이 난다는 판단이 서기도 한다. 개인주의자의 글은 이타주의자에게, 회색분자의 글은 극단주의자에게, 급진주의자의 글은 보수주의자에게, 평화주의자의 글은 공포 정치가에게, 자유주의자의 글은 권위주의자에게, 그 글이 모여 책이 된다면 불온서적이 된다. 그렇기에 누군가의 미장센은 패닉룸이 되고, 페르소나는 콜로포비아가 되고, 베스트셀러는 불온서적이 된다. 그렇다 해도 글과 책은 계속해서 발생해야 한다. 한 인간의 일생 중 순간의 기록은 글로 표현될 때 가장 직설을 담을 수 있고 정말 말하고 싶은 뜻이 부가된다. 저자의 그것을 찾는 과정은 오직 독자만이 할 수 있다. 그 행위는 독서의 가장 큰 매력이다. 불온서적은 매력이 있다.

#일시적 자극

자서전과 자기계발서는 한 인간의 경험을 바탕으로 사람은 어떻게 하면 성공하는가에 대한 이야기를 한다. 그러나 하나의 경험은 다른 경험의 완전한 해결책이 되지 않는다. 그럼에도 강연과 자기계발서를 찾아다니는 정신적 방랑자들은 일시적 자극으로 이루어진 희망이라는 조미료를 잊기 힘들어 건빵 안에 소량 첨가돼 있는 별사탕을 골라 먹듯 자그마한 자극들을 집어먹으러 다닌다.

타인의 성공 일화는 최소한으로 참고를 하는 수준에서 멈춰야 한다. 집착을 하고 자신의 삶에 억지로 대입하려고 애쓰게 만드는 그 저주스런 당도의 글발과 문장들은 현실을 대처해야 하고 껍데기를 찢을 힘이 필요한 애벌레들에게 날아다니는 나비가 되면 좋은 점에 대한 얘기만 주입하고는 사라지는 것과 같다. 그래서 어떤 자서전과 자기계발서는 그저 자랑이다. '하고 있는 일에 미치면 안될 게 없다', '간절히 원하면 반드시 이뤄질 것이다'와 같이 누구나 아는 답을 툭 던져놓는 자들의 무책임한 글과 말은 삶을 이어나가는 데 별난 중독성이 있어서 표류하는 영혼은 침수되는지도 모른 채 침수되어 버린다. 그건 위조된 자극이다.

서점의 어떤 코너에는 책이 아니라 일시적인 자극이 몇 권 꽂혀 있다. 애초에 일시적이라면 자극이 아니다. 성공한 삶의 100가지 습관은 그냥 성공한 사람이 우연히 가지고 있는 습관이고 데일 카네기나 스티브 잡스는 사소한 습관으로 성공한 게 아니라는 것을 알고 있어야 한다. 천재는 악필이지만 악필은 천재가 아니라는 것을 알고 있어야 한다. 일찍 일어나는 새는 일찍 잡아먹힌다는 것을 알고 있어야 한다. 천재는 1%의 영감과 99%의 노력으로 이루어진다는 말에 노력하면 천재가 될 수 있다는 희망을 얻을 게 아니라 결국 1%의 영감이 없으면 천재가 될 수 없다는 뜻을 기어코 찾아내 절망을 느껴야 한다. 무작정 따라하다 무너지는 것보다는 처음부터 따라하지 않는 편이 낫다. 책만 읽는다고 자기계발을 이뤄낼 수는 없다.

#탈고

어느 날 PC방 새벽 알바를 마치고 아침에 헬스장에 갔습니다. 어정쩡한 자세로 고작 스쿼트 3세트를 하고 그 옆에 벤치프레스 기구에 널브러져 「내일의 죠」 주인공의 마지막 씬처럼 하얗게 죽어 있다가 문득 생각했습니다. 책을 써야겠다고. '문득' 생각한다는 것은 운명의 신이 지나가다 어깨를 치며 시비를 거는 것처럼 고개를 홱 돌려 마주하게 만듭니다. 문득 연극 동아리 모집 공고를 보고 걸음을 멈춘 것처럼, 문득 채널을 돌리다 스친 옛날 영화처럼, 문득 떠오른 아직 세상에 없는 아이디어처럼, 문득 어릴 때 유독 잘했던 것이 생각나는 것처럼, "문득 모든 생물의 미래를 지켜야 한다고 생각한 지구에 사는 누군가처럼."1)

저는 서울대학교 철학과 교수가 아닙니다. 하버드에서 심리학을 공부한 적 없습니다. 그 어느 대학에서도 문예창작과를 졸업하지 않았습니다. 아니, 공부를 못해서 대학교를 가지 못했습니다. 저는 베르나르도 아니고 예술가나 유명한 연예인도 아니며 역사학자나 인류학자도 아닙니다. 그래서 제가 가진 이데아나 아포리즘은 그들에 비하자면 너무나도 가치가 없습니다. 맹세코 지금 이 말로 언더독 효과를 노리는 것은 아닙니다. 어차피 저는 평생 자기혐오로 자족해왔습니다. 그러나 쓸 수 있는 것을 쓰지 않는 것은 낭비입니다. 그리고 인간이라면 생각을 하고 저도 당신들처럼 생각을 합니다. 그렇다면 생각이 있는데 공유하지 않는 것 또한 낭비입니다. 한 노인이 죽는 것은 도서관 하나가 불타는 것과 같다던데 그 어떤 지혜도 기록되지 않는다면 아무 짝에 의미도 없고 쓸모도 없는 얘기입니다. 그렇다면 쓴 소설을 세상에 내놓지 않았던 시간에 한해서 샐린저는 작가가 아니며, 춤을 추지 않으면 댄서가 아니고, 옷을 디자인하지 않으면 패션 디자이너가 아닙니다. 재료가 있다면, 이런 재료가 있다며 허언만 하지 말고 만들어야 합니다. 그렇다면 저는 책을 쓰겠다는 허황된 꿈을 꾸는 바보는 아닙니다.

영화 「킹스 스피치」는 말더듬이 왕인 조지 6세에 대한 얘기를 다룬 영화입니다. 그의 언어 치료사인 로그가 조지 6세와 실랑이 중 뜬금없이 왕의 의자에 앉아버리자 조지 6세는 어딜 감히 왕의 의자에 앉느냐며 화를 냅니다. 로그가 뻔뻔히 받아칩니다. "왕 자리가 싫다면서요? 그런데 내가 왜 당신 말을 들어야 하죠?" 우선 조지 6세에게 왕의 의미란 국민을 대표하고 대변하는 자입니다. 그는 위 질문에 "나는 말을 할 줄 아는 왕이니까!"라며 자아를 다시 한 번 확고히 견지합니다. 위 대화에서 주목할 부분은, 부족한 점이 있으나 나서야 하는 자는 말을 더듬더라도 말을 할 줄 알면, 해야 할 말이 있다면 말해야 한다는 것입니다.

익명에 숨은 글과 대필 같은 쇼잉, 견강부회한 문체는 문학의 가치가 없습니다. 그리고 사람들은 어떤 어두운 것이나 어리석은 역사에 대한 박제를 두려워합니다. 민낯을 드러내고 두려워서 입력하기 망설여질 정도의 파격 따위를 휘갈겨 당당하게 논고의 끝에 바이라인을 새길 수 있을 때 그 문학은 비로소 예술가의 손때를 입습니다. 그러나 두렵지 않아도 되는 이유는 이건 어디까지나 나 또는 당신의 생각일 뿐이기 때문입니다. 알아들을 사람만 알아들으면 되고 알아주는 사람이 없어도 없으면 됐습니다. 그저 그뿐입니다.

주제넘게 글을 쓰려 했습니다. 그러나 누구든 삶에 도움이 될 만한 몇 문장을 직장인의 사직서처럼 들고 다닙니다. 그리고 글은 그 문장과 관련된 글과 책, 심지어 게임 캐릭터를 선택할 때 그 캐릭터가 내뱉는 대사를 박람강기하여 짜깁기하면 그만입니다. 어차피 책을 쓰려고 마음먹기 시작한 후부터 모든 글은 레퍼런스가 됩니다. "피카소가 예술은 도둑질과 같다고 했고 마크 트웨인이 남의 것들을 내버려 두느니 주워 와서 내 것으로 만드는 게 낫다고 했습니다. 그렇다보니 창작이란 들키지 않은 표절이라는 말까지 있습니다."[2] 저는 이 습하고 좁은 옥탑방에서 땅에 떨어진 남의 것들을 주워먹을 시간이 많았습니다. 또한, 시인 조병화는 외로울수록 시가 잘 써진다고 했고 오카자키 다케시는『장서의 괴로움』에서 세상에서 가장 이상적인 서재로 교도소를 꼽았으니 아직 밖에 나가면 안 되는 저에게는 필생의 노작이라도 만들어야 할 의무감 같은 것이 있었습니다.

영화「히말라야」에서 배우 정우가 맡은 '박무택'이 산에 올라가지 않으면 안 되냐는 애인의 말에 "나는 그게 안 되는 인간이라고!"라며 동시에 그 말로 이별을 고합니다. 세상에는 어떤 것을 하지 않으면 안 되는 인간들이 있습니다. 이 말은 후회를 하더라도 내 운명을 받아들이겠다는 애처롭고 숭고한 인간만의 의지입니다. 해야 할 것을 하지 않으면 안 되는 인간은 후회하지 않으려 하되 동시에 닥쳐올 후회를 이미 각오합니다. 후회라, 저는 언젠가 너무 부끄럽거나 아예 다른 진리를 깨달아 보르헤스의 심정을 느끼고 이 책을 모두 찾아 태우러 다니는 데 여생을 쏟을지도 모릅니다. 사람의 생각은 변할 수 있다는 걸 알고 있습니다. 비트겐슈타인처럼 위대한 철학자도 생각이 완전히 변하지 않습니까. 그러나 생각이 변했다고 해서 변하기 전에 느꼈던 것들이 거짓이 되는 것은 아닙니다. 그렇다면 "저는 지금 단 한 줄의 거짓도 쓰고 있지 않습니다."[3]

야경을 좋아해서 매일 밤의 마천루에서 커튼을 열고 싶습니다. 실은 이 말이 얼마나 통속적이고 속물적인지 압니다. 그리고 잘못된 것이 아니란 것도 알고 사실 모두가 원하는 것이란 것 또한 압니다. 당신이 좋아하는 것을 위해 당신의 발끝은 어디로 향해 있습니까. 할 거 다 하고 우리 언젠가 거기서 봅시다.

1) 이와아키 히토시 저, 시미즈 켄이치 감독 애니메이션 「기생수」 1화 후반부 나레이션 인용
2) 오스틴 클레온 저, 노진희 옮김, 『훔쳐라, 아티스트처럼』 참조
3) 아이유 〈스물셋〉 가사 인용

※ 본문의 사진은 Adobe Stock에서 확장 라이선스를 구입하여 사용하였습니다.